Un hiver au domaine

NINA SINGH

Un hiver au domaine

Traduction française de
ÉLISABETH MARZIN

AZUR

HARLEQUIN

Collection : Azur

Titre original :
HER INCONVENIENT CHRISTMAS REUNION

HARPERCOLLINS FRANCE
83-85, boulevard Vincent-Auriol, 75646 PARIS CEDEX 13
Service Lectrices — Tél. : 01 45 82 47 47 - www.harlequin.fr
ISBN 978-2-2804-8034-5 — ISSN 0993-4448

Composé et édité par HarperCollins France.
Imprimé en octobre 2022 par CPI Black Print (Barcelone)
en utilisant 100% d'électricité renouvelable.
Dépôt légal : novembre 2022.

FSC www.fsc.org MIXTE Papier issu de sources responsables FSC® C159065

Pour limiter l'empreinte environnementale de ses livres, HarperCollins France s'engage à n'utiliser que du papier fabriqué à partir de bois provenant de forêts gérées durablement et de manière responsable.

1.

Vous avez besoin l'un de l'autre tous les deux.

Zayn Joffman relut ces mots pour la dixième fois, les doigts crispés sur la feuille. Il avait trouvé dans l'enveloppe du notaire une lettre l'implorant de comprendre.

Il ne comprenait pas.

Mais pourquoi était-il surpris ? La réponse était simple. Parce qu'il était stupide. Comment avait-il pu croire que la seule parente pour laquelle il avait de l'estime méritait vraiment cette estime ? Sa défunte grand-tante Myrna, propriétaire de Stackhouse, établissement vinicole de la Napa Valley, l'avait poignardé dans le dos avec son testament.

Derrière la fenêtre du bureau, les gratte-ciel de Manhattan se découpaient sur un ciel neigeux. La tempête annoncée ne devait pas être loin. Comme un présage des problèmes qui l'attendaient… Zayn prit une profonde inspiration. Penser du mal des morts portait malheur, non ? Mais à vrai dire, il était plus déçu par lui-même que par sa grand-tante. Croire qu'il pouvait être jugé digne de confiance par un membre de sa famille avait été une grossière erreur. Pour comble, il devrait partager Stackhouse avec quelqu'un à qui Myrna n'était même pas apparentée. Il ne lui restait plus qu'à trouver un moyen de contourner cette complication. Racheter la part de l'autre légataire ne devrait pas poser de problème. En tout cas, il en avait largement les moyens. Après tout il avait bâti seul un groupe prospère, acteur majeur du secteur vinicole. Ce qui aurait dû suffire à convaincre sa grand-tante de sa capacité à diriger une entreprise… Mais apparemment, malgré sa réussite, il continuait de payer ses erreurs de jeunesse.

Avec un profond soupir, Zayn fit le tour de son bureau et s'assit lourdement dans son fauteuil en cuir. Il fallait réagir rapidement. Régler la situation au plus vite afin de pouvoir ensuite se concentrer sur toutes les affaires urgentes qu'il avait à traiter. Il allait devoir s'en occuper personnellement. Il y avait trop de points à débattre avec l'autre légataire. Impossible de confier cette négociation à un tiers.

Vous avez besoin l'un de l'autre tous les deux.

Ces mots résonnaient dans son esprit, comme s'il entendait sa grand-tante Myrna les prononcer. Qu'avait-elle voulu dire ? Il n'avait besoin de personne pour l'aider à diriger l'établissement. En fait, il avait déjà un projet précis en tête. Stackhouse était géré selon des méthodes dépassées. Il ne proposait même pas la vente en ligne ! Ce qui limitait la clientèle aux gens de la région et à une poignée de touristes. Une organisation absurde et inacceptable dans le cadre de la mondialisation. Il était grand temps de procéder à la réorganisation et au développement de l'entreprise. Il n'aurait pas besoin d'emprunter pour mettre en œuvre son plan. Il avait d'amples ressources. Peut-être était-ce la raison de la décision absurde de Myrna. L'avait-elle considéré comme un simple financier qui fournirait les fonds nécessaires au fonctionnement de l'établissement sans remettre en question le statu quo ? Si tel avait été son raisonnement, elle s'était méprise sur son compte. Zayn appela son assistante. On était samedi matin, mais elle répondit avant la fin de la première sonnerie.

— Clara, je sais que ça va poser des problèmes si près des vacances mais, s'il vous plaît, annulez tous mes rendez-vous des deux prochaines semaines. Un imprévu m'oblige à aller en Californie.

Un long silence accueillit cette déclaration. Pas étonnant, elle était pour le moins inhabituelle…

— Est-ce en lien avec le décès de votre grand-tante ?

Il était tout aussi inhabituel que Clara lui pose une question personnelle.

— D'une certaine manière, oui. Le testament a enfin été dévoilé.

— Je vois.

Cette fois, la question de Clara ne fut pas formulée. Cependant, elle était facile à deviner. Elle ne comprenait certainement pas pourquoi il n'envoyait pas quelqu'un s'occuper à sa place des formalités. Il avait parmi son personnel des tas de personnes qualifiées pour ce genre de mission. Et il fallait reconnaître qu'il était très tentant de se décharger de cette corvée sur un collaborateur. Mais ce serait de la lâcheté. Or il avait de multiples défauts, mais personne ne pouvait l'accuser d'être lâche.

— Un nouvel établissement vinicole va rejoindre le groupe, dit-il.

Inutile d'entrer dans le détail et de préciser que pour l'instant il n'en était pas l'unique propriétaire.

— Je vois. Je vais préparer les documents.

— Merci. Je suis obligé d'aller sur place pour m'occuper personnellement des démarches. Pour diverses raisons…

Nouveau silence. Son assistante ne comprendrait jamais ses motivations. Comment le pourrait-elle ? Elle ne connaissait pas le contexte. Elle savait juste que l'entreprise n'était pas très grande. En tout cas, comparée à ses autres biens. Clara ne pouvait pas réaliser que par cet héritage il entrait enfin, bien que par la petite porte, dans le monde dans lequel il était né mais qui ne l'avait jamais accepté. Il n'avait pas d'autre solution que de traiter directement avec l'autre légataire. La situation était bien trop compliquée. D'autant plus qu'autrefois il avait été amoureux de la légataire en question.

Le Père Noël était complètement ivre.

Il n'y avait aucun doute à ce sujet. Que faire ? Izadora Veracruz soupira. Elle n'en avait aucune idée. Une seule chose était certaine. Elle ne pouvait pas laisser M. Reyes distribuer les cadeaux dans cet état. Pourquoi avait-il déjà « un verre dans le nez » ? Il était à peine midi. Certes, boire dans la journée n'était pas extravagant au cœur de la Napa Valley. Mais tout de même, pourquoi fallait-il qu'il soit ivre justement aujourd'hui ? En ce moment même, la salle de dégustation était pleine d'enfants qui attendaient de se faire prendre en photo sur les genoux du Père Noël avec leur petit cadeau souvenir.

— Il est soûl comme une grive, dit Paula en rejoignant Izzy.

M. Reyes bascula en avant en essayant de nouer les lacets de ses bottes de Père Noël.

— Il ne faut pas qu'il sorte de cette pièce, Izzy.

— Je sais. Je sens son haleine avinée d'ici.

— Avons-nous un plan B ?

Pas encore… Mais elle allait devoir en trouver un rapidement. Izzy poussa un nouveau soupir. Depuis le décès de Myrna, elle était directrice d'exploitation de l'établissement vinicole et elle assumait de lourdes responsabilités. Rectification. Officiellement, elle était à présent copropriétaire de l'entreprise. Cependant, elle n'attendait aucune aide de la part de son « associé ». Zayn Joffman se moquait éperdument de Stackhouse. Il n'y avait pas mis les pieds depuis des années. Nul doute qu'il n'interviendrait pas dans la gestion, ou du moins juste de temps en temps, histoire de la hérisser. Il avait toujours été très doué pour ça.

— Je vais être obligée de le remplacer.

Paula s'esclaffa.

— Sans vouloir te vexer, tu n'as pas exactement la silhouette du Père Noël !

— Peut-être. Mais je crois pouvoir être crédible en lutin.

Izzy prit son amie et employée par le bras.

— Toi, tu t'occupes de M. Reyes. Emmène-le dans la cuisine et prépare-lui du café. Bien fort.

— Que vas-tu faire ?

— Me déguiser. Je sais qu'il y a au moins un costume d'elfe dans la réserve parmi toutes les décorations de Noël.

Le temps qu'Izzy trouve le déguisement et parvienne à l'enfiler, elle se sentait beaucoup moins indulgente envers son Père Noël irresponsable. Pour commencer, le costume en feutre vert était trop petit d'au moins deux tailles et il comprimait douloureusement ses formes féminines. Jouer les assistants du père Noël n'avait jamais été à son programme de la journée… Cette petite fête était une tradition à Stackhouse, et Reyes jouait le rôle du Père Noël depuis des années. Pourquoi avait-il choisi précisément ce jour pour céder à son penchant pour l'alcool ? Pourvu que les coutures de ce déguisement bon marché tiennent pendant quelques heures ! Serrant les dents, Izzy gagna la salle de dégustation. Les enfants allaient sans doute être très déçus.

En effet, les petits furent déçus et ils ne le cachèrent pas. Non seulement personne ne voulait se faire prendre en photo avec un elfe boudiné dans son costume, mais le cadeau souvenir ne suffisait pas non plus à compenser l'absence du père Noël. Plusieurs parents marmonnèrent qu'ils allaient être obligés de se rendre au centre commercial pour la photo de rigueur. Une perte de temps et d'argent regrettable.

Izzy était au comble de la confusion. C'était le premier événement dont elle avait la responsabilité depuis le décès de Myrna, et elle avait lamentablement échoué dans sa tâche. Lorsque le dernier enfant quitta la salle de dégustation après avoir pris son cadeau avec un mouvement d'humeur, elle était au bord des larmes. Pas une seule bouteille de vin vendue… Comme Myrna lui manquait ! Beaucoup plus qu'une employeuse, c'était pour elle une amie fidèle depuis son enfance, mais aussi une sorte de mentor. Izzy enleva son bonnet de lutin, et s'en servit pour s'essuyer les yeux et le nez. Fichu costume ! Elle arrivait à peine à respirer dedans. Il irait directement à la poubelle dès qu'elle aurait réussi à s'en extirper. La porte s'ouvrit brusquement, laissant entrer un grand courant d'air frais. Quoi encore ? Elle devait ranger la salle de dégustation et vérifier dans quel état se trouvait Reyes. Mais surtout, elle n'allait pas supporter de rester une minute de plus dans cette tenue…

— Je suis désolée, mais nous n'avons plus de jouets, dit-elle sans regarder qui venait d'arriver. Et vous n'aurez sans doute pas envie d'une photo sans le père Noël.

— Au contraire, répliqua une voix masculine beaucoup trop familière. J'aimerais beaucoup avoir une photo de l'elfe le plus adorable que j'aie jamais vu.

Izzy resta clouée sur place, incapable de prononcer un mot. Cette voix, elle ne l'avait pas entendue depuis des années, mais elle la reconnaîtrait entre mille. Zayn Joffman. Comme si cette journée n'était pas déjà assez cauchemardesque…

Que lui avait-il pris de dire ça ? Zayn se maudit. Bien sûr qu'elle était adorable. Comme toujours. De là à le claironner… Mais il avait été désarçonné en la voyant vêtue de feutre vert avec des chaussons à bouts pointus. Son costume moulait ses formes généreuses, et sa somptueuse chevelure noire ondulée encadrait son visage en forme de cœur. Elle était devenue encore plus belle. Il pensait être préparé, mais la revoir dans un déguisement aussi inattendu lui avait fait l'effet d'un coup de poing dans l'estomac.

Qui aurait cru que les elfes pouvaient être aussi sexy ? Malgré tout, il aurait dû avoir une attitude beaucoup plus professionnelle. Leur passé commun mis à part, le fait qu'ils étaient désormais associés excluait tout badinage amoureux. Comme le confirmait le regard étincelant de mépris fixé sur lui. Il serait judicieux de rejouer son entrée en scène en modifiant le texte… Zayn s'éclaircit la voix.

— Bonjour, Izzy.

Allons bon, il voyait mieux son visage à présent. De toute évidence, elle était bouleversée. Pire, il l'avait visiblement surprise en train de pleurer. Elle renifla, confirmant ses soupçons.

— Zayn.

— Le moment est mal choisi ?

— Qu'est-ce qui te ramène dans la région ?

Était-ce un sarcasme ?

— Tu dois bien t'en douter, non ?

Elle secoua la tête.

— Pas du tout.

— Vu le contenu du testament de Myrna, nous devons discuter affaires, tu ne crois pas ?

— Je doute que le P-DG d'un groupe international soit obligé de traverser le pays pour s'occuper en personne de ce genre d'affaire. Tu n'as pas des fondés de pouvoir qui s'en chargent ?

Haussant les épaules, il s'avança dans la pièce en enlevant ses gants et son manteau. Le mois de décembre était nettement plus chaud dans la Napa Valley que dans le nord-est des États-Unis, mais une certaine fraîcheur de l'air justifiait cette tenue.

— J'ai décidé de m'occuper de celle-ci personnellement.

Elle était peut-être déterminée à le nier, mais elle devinait certainement pourquoi.

— D'abord la question qui s'impose. Pourquoi cet accoutrement ?

Izzy tourna sur elle-même comme un mannequin.

— Oh ! juste un déguisement pour m'amuser. Mais tu n'avais pas dit que j'étais adorable ?

D'accord, elle avait décidé de ne pas laisser passer cette réflexion. C'était prévisible…

— Si, et je le maintiens. Mais y a-t-il une raison particulière pour que l'un des elfes du Père Noël fasse l'école buissonnière à Napa en pleines vacances scolaires ?

— Il se trouve que le Père Noël a décidé qu'il avait besoin d'une boisson plus festive que le café, ce matin. Juste le jour où il devait accueillir les enfants qui venaient se faire prendre en photo avec lui.

— Si bien que tu as été obligée d'improviser.

— Excellente déduction.

— Et par chance tu avais un costume d'elfe à ta disposition.

— Si seulement il était à ma taille !

D'où il se trouvait, il semblait lui aller très bien…

— Mais le problème n'était pas là, poursuivit-elle. Les enfants étaient très déçus de l'absence du Père Noël. Ils n'ont pas eu l'air de me trouver adorable.

— C'était raté à ce point ?

Elle hocha la tête, la mine dépitée.

— Avec Myrna, ça ne serait jamais arrivé. Elle aurait sans doute téléphoné à M. Reyes pour lui rappeler ses obligations.

— Ah, oui. Myrna Tabor était parfaite. J'avais oublié.

Izzy le foudroya du regard.

— Qu'est-ce que tu veux dire ?

— Rien. Oublie cette réflexion.

Izzy avait toujours admiré Myrna. Et d'après ses souvenirs, c'était réciproque. À bien des égards, Izzy était la fille que sa grand-tante n'avait jamais eue. Alors que, de son côté, il était l'enfant rebelle dont il ne fallait rien attendre de bon.

— Écoute, je sais que tu as eu des problèmes avec ta

famille, déclara Izzy d'une voix glaciale. Mais Myrna, elle, a toujours été équitable avec toi.

Étant donné la situation épineuse dans laquelle elle les avait laissés, cette déclaration était risible… Certes, Myrna l'avait recueilli et lui avait offert une vie stable après des années d'errance d'un foyer à un autre. Mais dans son testament, elle n'avait pas été équitable avec lui.

— Nous avons des opinions divergentes, acceptons-le une fois pour toutes, suggéra-t-il.

— D'accord. Je n'ai pas l'énergie nécessaire pour discuter avec toi, de toute façon. Pas après ce fiasco monumental.

Il soupira. Ce genre d'événement faisait partie des choses qu'il comptait supprimer. Myrna et Izzy avaient toujours jugé important d'entretenir de bonnes relations avec les gens de la région en organisant ce genre de réunions prétendument familiales. De son côté, il avait un projet très différent pour Stackhouse. Il voulait que l'établissement vinicole occupe une place de choix sur le marché du vin haut de gamme. Sa marque personnelle, synonyme de luxe et connue dans le monde entier, était destinée à une clientèle prestigieuse. La distribution de cadeaux de Noël à des enfants n'avait pas sa place dans un établissement qui appartenait désormais à un groupe de cette classe. Izzy et sa grand-tante avaient toujours voulu gérer cet endroit comme un petit commerce familial. Il avait d'autres idées, plus ambitieuses. Des idées que sa grand-tante avait toujours aimablement mais fermement rejetées au fil des années. Inutile d'entrer dans ce genre de considérations maintenant.

Izzy se pencha pour enlever ses chaussons à bouts pointus, et Zayn dut faire un effort pour détourner les yeux de ses jambes galbées. Des jambes qu'il avait caressées autrefois. À une époque où ils étaient à peine sortis de l'enfance. Aujourd'hui ils avaient beaucoup changé. Le monde entier avait changé.

— Dans quel hôtel es-tu descendu ? demanda Izzy en se redressant.

— Je pensais loger ici, au domaine.

— C'est ton droit, vu qu'il t'appartient en partie, répliqua Izzy d'un ton indiquant qu'elle n'en était pas ravie.

— Ne t'inquiète pas, je n'ai pas l'intention de rester très longtemps.

Elle arqua les sourcils.

— Pourquoi ne suis-je pas surprise ?

2.

Qui aurait cru qu'elle était aussi bonne comédienne ?

Le seul fait de le regarder était douloureux. Zayn était encore plus beau que dans son souvenir. Il avait les cheveux beaucoup plus courts aujourd'hui, mais sa mâchoire était toujours recouverte d'un fin duvet. Combien de fois l'avait-elle taquiné autrefois au sujet de sa perpétuelle barbe de trois jours ? Son costume gris sur mesure mettait sa silhouette athlétique en valeur. Beaucoup plus distingué que l'adolescent dont elle était tombée amoureuse, il était désormais l'homme d'affaires prospère qu'il voulait devenir quand il l'avait quittée. Déglutissant péniblement, Izzy s'efforça de surmonter son émotion. Si seulement son pouls pouvait se calmer… Comment parvenait-elle à feindre la sérénité ? C'était si troublant de le voir là, devant elle… Son premier amour. L'homme qui lui avait brisé le cœur en quittant la ville sur un coup de tête.

Malgré ça, elle brûlait d'envie de se jeter dans ses bras, de lui dire qu'il lui avait terriblement manqué. De faire comme si cinq ans ne s'étaient pas écoulés depuis son départ… Comment pouvait-elle être aussi stupide ? Il était clair que l'héritage laissé par Myrna était la seule raison de son retour. Ne venait-il pas déjà d'évoquer son prochain départ ? Dire qu'elle croyait avoir tourné la page… Quelle erreur ! Il avait suffi d'un regard. Le seul fait de le revoir avait ranimé tous ces sentiments enfouis, toute cette souffrance… Mais pas question de se trahir devant lui. D'autant plus que de son côté il ne semblait pas affecté le moins du monde par ces retrouvailles. Il dardait même sur elle un regard noir. De toute évidence, il n'avait pas apprécié ce qu'elle venait de lui dire. Eh bien, elle allait en rajouter.

— Je ne sais pas exactement pourquoi tu es ici, Zayn, mais je devine que tu préférerais être ailleurs. Tu n'as pas mis les pieds une seule fois à Stackhouse depuis que tu es parti comme une flèche il y a cinq ans.

Zayn réprima un soupir. Il fallait s'y attendre. Tout de suite les récriminations… Il n'avait pas prévu de commencer par une discussion de ce genre, mais apparemment elle y tenait. Typique d'Izzy Veracruz. Eh bien, si elle cherchait la bagarre, il n'allait pas l'esquiver.

— Je ne suis pas parti « comme une flèche », contrairement à ce que tu prétends. Et je n'avais pas d'autre choix.

— C'est là où je ne suis pas d'accord avec toi.

Si elle savait… Mais malheureusement, il ne pouvait pas se permettre de lui donner des explications. Il s'était engagé à se taire et il tiendrait parole. Même si ça lui coûtait beaucoup. Il subirait la colère et le ressentiment d'Izzy pour protéger l'homme qui en avait été à l'origine cinq ans plus tôt. Parce qu'il fallait bien reconnaître que cet homme avait eu raison d'agir comme il l'avait fait.

— Mais ce n'est pas le moment de discuter de ça, ajouta-t-elle. Il faut que je prépare la salle de dégustation pour les premiers visiteurs inscrits pour aujourd'hui. Et j'ai hâte de m'extirper de ce costume ridicule, ce qui risque de prendre un certain temps.

Zayn se mordit la lèvre. Mieux valait éviter de lui proposer son aide. Et pas question de s'attarder sur les images qui s'imposaient à son esprit… Il fallait se concentrer sur l'essentiel.

— Vous organisez toujours les dégustations uniquement sur réservation ? demanda-t-il.

— Oui. Nous avons toujours procédé ainsi.

Il réprima une moue de dérision. C'était bien là le problème. Depuis quand cet endroit n'avait-il pas connu la moindre évolution ? Même le décor n'avait pas changé depuis son départ. Une grande table en acajou trônait au milieu de la pièce, sur un tapis oriental à dominante rouge. Elle était toujours entourée de douze chaises de velours bordeaux, qui semblaient toutefois avoir été retapissées récemment. Un mur entier était occupé du sol au plafond par des casiers à bouteilles, tandis que quatre fauteuils de cuir noir occupaient chaque coin de la pièce. Les tableaux accrochés aux murs avaient changé, mais ça n'avait rien de surprenant. Myrna aimait exposer des œuvres d'artistes de la région pour les vendre aux visiteurs.

— Pourquoi cette question ? ajouta Izzy.

— Disons que je ne suis pas d'accord avec certaines… traditions ancrées dans ce lieu.

— C'est pour ça que tu es venu ? Pour me signaler toutes mes erreurs ?

Non… Il était là pour la décharger de toutes ses responsabilités en lui faisant une offre qu'elle ne pourrait pas refuser. Envisager qu'ils dirigent un établissement vinicole ensemble était ridicule. Il avait fait trop d'efforts pour l'oublier. L'avoir comme associée ne servirait qu'à raviver les anciennes blessures. Ils avaient été amants autrefois. Mais le passé était le passé.

— Pas exactement, répondit-il.

— Pour quoi faire, alors ?

— Laisse-moi t'inviter à déjeuner quand tu auras terminé la dégustation. Nous pourrons discuter plus tranquillement.

Le traiteur du coin fait toujours les mêmes sandwichs campagnards ?

— Oui.

— Qu'en dis-tu ? Je peux t'offrir un gourmet à la dinde fumée et au Brie ?

Pour la première fois, Izzy esquissa un sourire.

— Dans une baguette ?

Comme s'il avait oublié que c'était le seul genre de sandwich qu'elle aimait…

— Absolument.

— Pourquoi pas ?

— Ça marche.

Il eut un pincement au cœur. C'était un rendez-vous qui n'avait rien à voir avec ceux d'autrefois. Lorsqu'ils étaient jeunes et qu'ils saisissaient toutes les occasions de s'échapper ensemble pour aller au cinéma, ou pour partager un burger bien gras de chez Sal, ou simplement pour traîner derrière les vignes au pied de la montagne.

Izzy avait baissé les yeux… Repensait-elle à tous ces moments, elle aussi ?

— Je suppose que nous devons discuter de pas mal de choses, ajouta-t-elle en relevant les yeux.

— En effet.

Elle scruta de nouveau son visage.

— Pourquoi ai-je le pressentiment que je ne vais pas apprécier ce que tu as à me dire ?

Avant qu'il ait le temps de répondre, elle leva la main pour l'en empêcher. Une habitude chez elle.

— Question rhétorique. À dans deux heures, pour le déjeuner.

Sur ces mots, elle tourna les talons et quitta la pièce, les fesses moulées dans le pantalon du costume d'elfe. Mais il n'était pas censé remarquer ce genre de chose… Zayn sortit, prit ses bagages dans la voiture de location et se dirigea vers la maison, voisine de l'établissement vinicole proprement dit.

Monter à l'étage fut comme un retour dans le passé. Un grand pin chargé de décorations de Noël se dressait dans le hall à côté de l'escalier en spirale, dont la rampe était enveloppée de guirlandes. Comme dans son enfance quand sa mère le déposait ici, chez sa grand-tante Myrna, avant ses escapades à l'étranger pour les vacances. Au fil des années, ces voyages étaient devenus de plus en plus fréquents et de plus en plus longs, jusqu'au jour où elle n'avait plus jamais pris la peine de revenir le chercher. Quant à son père, il avait toujours brillé par son absence. Jusqu'à tout récemment il n'en avait même jamais entendu parler.

La respiration de Zayn devint difficile, et un frisson familier courut le long de son épine dorsale. Non, pas maintenant. Pas ici. Il s'immobilisa sur le palier. Fermant les yeux, il se mit à compter à rebours à partir de cent. Son cœur battait à tout rompre, et il avait la nausée. Quatre-vingt-dix-huit, quatre-vingt-dix-sept… Au bout d'un long moment, sa respiration finit par redevenir à peu près normale, et les battements de son cœur s'apaisèrent peu à peu. La nausée s'estompa elle aussi. Il s'efforça de se concentrer sur l'après-midi qui l'attendait. Déjeuner avec Izzy. Leur conversation n'allait pas être des plus faciles. Sa question rhétorique résonnait dans son esprit. « Pourquoi ai-je le pressentiment que je ne vais pas apprécier ce que tu as à me dire ? » La réponse était simple. Parce qu'elle le connaissait trop bien.

Garde ton sang-froid. Combien de fois s'était-elle répété ça depuis l'arrivée de Zayn ? Jusque-là ça ne semblait pas très efficace. Quel choc de le revoir après toutes ces années ! D'autant plus qu'elle ne s'y attendait pas. Mais il est vrai qu'elle avait ignoré les deux mails qu'il lui avait envoyés, parce qu'elle ne se sentait pas prête à affronter les conséquences du testament de Myrna. Avec un soupir, Izzy lissa la jupe de son tailleur. Bien fait pour elle. Si elle avait su qu'il venait, elle se serait préparée. Dire qu'en plus il était arrivé juste au moment du fiasco de la distribution des cadeaux de Noël… À présent, il fallait s'occuper de la dégustation. Heureusement, c'était un moment agréable qui allait lui permettre de retrouver sa sérénité. Elle aimait présenter les vins aux visiteurs. Gérer Stackhouse était un travail qui la comblait. D'ailleurs, elle avait renoncé à beaucoup de choses pour s'y consacrer. Son père refusait toujours de prendre ses appels. Et il s'éclipsait à chaque fois qu'elle retournait dans la maison familiale. Ernesto Veracruz ne lui pardonnait pas de travailler dans un autre établissement vinicole que celui qu'il avait créé. Elle serait éternellement reconnaissante à Myrna de lui avoir donné sa chance en l'engageant. Cependant, elle n'aurait jamais imaginé que celle-ci lui léguerait la moitié de la société. Plusieurs jours s'étaient écoulés depuis que le notaire du domaine lui avait annoncé la nouvelle, et elle n'en avait pas encore mesuré toutes les conséquences.

Quand Izzy arriva dans la salle de dégustation, Paula était déjà là. Les bouts de papier cadeau jetés un peu partout par les enfants avaient disparu, et la chaise du Père Noël avait retrouvé sa place à côté de la grande cheminée en pierre.

— Décidément, tu fais des miracles, Paula.

— Tu en as accompli un toi aussi tout à l'heure en remplaçant le Père Noël.

— Tu parles d'un miracle ! Ça aurait difficilement pu se passer plus mal !

Son amie eut un sourire malicieux.

— Oh ! ça aurait pu être bien pire !

Izzy frissonna.

— Peut-être, oui…

— Et qui était cet apollon qui est arrivé après tout le monde ? Vous sembliez très… amis.

Paula, engagée deux ans plus tôt, n'avait jamais rencontré Zayn.

— C'est le neveu de Myrna.

Paula resta bouche bée.

— Celui qui a hérité de cet endroit avec toi ?

— Lui-même.

— Waouh… Pas étonnant qu'il fasse des ravages partout où il passe.

Izzy déglutit péniblement. Elle était bien placée pour savoir à quel point le charme de Zayn pouvait être ravageur. Et elle n'avait aucune envie de s'appesantir là-dessus.

— Il a grandi dans cette maison, n'est-ce pas ? Tu dois bien le connaître, poursuivit Paula.

Puis elle ouvrit de grands yeux et s'exclama :

— Vous avez eu une histoire ! Ça se lit sur ton visage !

Izzy se maudit. Était-elle donc si transparente ? Elle s'efforça de prendre un air désinvolte.

— Oui, si tu veux tout savoir, Zayn et moi avons eu « une histoire ». Mais ça fait longtemps.

— Eh bien, que s'est-il passé ? Pourquoi n'êtes-vous pas restés en relation pendant toutes ces années ?

— Parce que c'est comme ça.

— Pourquoi avez-vous rompu ? Tu dois avoir envie d'en parler maintenant qu'il est revenu, non ?

Izzy réprima un soupir. Avait-elle envie d'en parler ? Zayn était arrivé chez sa grand-tante Myrna par un après-midi ensoleillé alors qu'elle avait douze ans. Elle s'en souviendrait toute sa vie… Ils avaient longtemps travaillé ensemble dans les vignes, jouant à cache-cache et se bombardant de grappes juteuses. Et puis un jour, au bout de quelques années, leur amitié avait pris un tour nouveau. Tout s'était précipité quand son cavalier pour le bal de fin d'année de terminale lui avait fait faux bond pour remplacer celui de la capitaine des pom-pom girls, qui s'était cassé la jambe. Elle s'était tournée tout naturellement vers Zayn, son meilleur ami, et il l'avait accompagnée au bal. Son arrivée au bras d'un jeune homme plus âgé que les autres et incroyablement séduisant n'était pas passée inaperçue. On n'avait parlé que d'elle toute la soirée. Il l'avait embrassée pour la première fois ce soir-là, et il n'y avait pas eu de retour en arrière possible. Pas pour elle, en tout cas. Son affection pour lui était devenue de plus en plus profonde au fil des ans. À la fin de sa deuxième année à l'université, elle était éperdument amoureuse. Et persuadée que c'était réciproque. Elle avait toute la vie devant elle, et son bonheur était parfait. Jusqu'au jour où tout s'était effondré.

S'arrachant à ses souvenirs, Izzy rencontra le regard de Paula. Celle-ci attendait toujours sa réponse.

— Zayn a décidé qu'il voulait une autre vie que celle que nous menions à Napa.

— C'est tout ?

— Oui. Et nous nous sommes perdus de vue.

En fait, ce n'était pas aussi simple. Elle n'avait jamais compris l'attitude de Zayn. Il était parti du jour au lendemain sans explications. Il s'était contenté de lui dire qu'il ne s'était jamais senti à sa place à Napa et qu'il avait besoin de construire sa vie loin de Stackhouse. Et puis il avait disparu. Au souvenir des semaines qui avaient suivi, Izzy frissonna. Plus jamais ça… Elle ne voulait plus jamais souffrir à ce point. Le sentiment de vide qu'elle avait éprouvé sans lui avait failli la briser.

— Juste comme ça ? insista Paula.

— Juste comme ça.

— Eh bien, je comprends maintenant pourquoi tu restes seule. Après un homme comme celui-ci, il doit être difficile d'en trouver un à la hauteur.

— Et toi ?

— Quoi, moi ?

— Tu n’as pas exactement une vie sociale bien remplie. Pourquoi ne sors-tu jamais avec aucun homme ?

— Je n’y pense pas.

Izzy ne résista pas à l’envie de taquiner son amie.

— Vraiment ? Ne serait-ce pas plutôt que tu penses à un certain médecin ?

Son amie était très attirée par Ethan Graves, un jeune et séduisant médecin qui avait un cabinet en ville, à Napa. Il était évident que cette attirance était partagée, mais aucun des deux ne semblait se décider à agir.

Paula ne mordit pas à l’hameçon.

— Ce n’est pas de moi que nous parlons mais de toi. Et j’ai d’autres questions à propos de mon nouveau patron. Ou plutôt demi-patron…

L’arrivée des visiteurs inscrits pour la dégustation coupa court à la discussion. Au grand soulagement d’Izzy. Elle n’avait pas envie de répondre à d’autres questions concernant Zayn pour l’instant. Même venant de son amie. Elle avait déjà suffisamment évoqué de souvenirs pour la matinée. Accrochant un large sourire à ses lèvres, elle accueillit les visiteurs et les invita à s’asseoir. La porte se rouvrit sur un léger courant d’air, signalant une nouvelle arrivée. Pourtant, il y avait cinq réservations pour cette séance, et les cinq personnes étaient déjà là. Deux couples et un homme d’une trentaine d’années. Izzy se tourna vers la porte, et son cœur fit un bond dans sa poitrine. Oh ! non ! Dire qu’elle se réjouissait à l’idée de pouvoir se changer les idées en travaillant… Elle aurait dû se douter qu’elle ne s’en tirerait pas aussi facilement. Zayn se dirigea directement vers la table de dégustation. Il avait troqué son costume contre un polo et un pantalon en toile noirs. Ses cheveux bruns étaient coiffés en arrière, mais une boucle rebelle lui tombait sur l’œil droit. Elle éprouva l’envie stupide de la remettre en place. Tirant une chaise, Zayn salua les personnes présentes d'un signe de tête. Puis il lui adressa un sourire étincelant qui la fit vaciller sur ses jambes.

— J'ai eu envie de me joindre à vous. Je meurs d'envie de goûter les derniers crus.

Si un regard pouvait tuer, il serait bon à être enterré, songea Zayn avec dérision.

— Zayn, quelle surprise !

La voix d'Izzy était chaleureuse. S'il ne la connaissait pas aussi bien et s'il n'avait pas surpris son regard meurtrier, il ne pourrait pas deviner que sa présence la hérissait.

— Nous n'avons préparé la table que pour cinq personnes, ajouta-t-elle.

— Serait-il très compliqué d'installer une place supplémentaire ?

Visiblement hésitante, la petite blonde à la queue-de-cheval trop serrée qui était à côté de lui lança un coup d'œil à Izzy. Celle-ci eut un haussement d'épaules imperceptible.

— J'en ai pour une seconde, annonça la blonde en se précipitant derrière le bar.

Les yeux d'Izzy lancèrent des éclairs, mais son sourire ne pâlit pas. La blonde revint avec une série de verres, qu'elle disposa devant lui. Il la remercia d'un sourire. Izzy s'éclaircit la voix et commença à servir le premier vin. Un chardonnay à la robe profonde, très légèrement effervescent.

Zayn observait du coin de l'œil l'homme aux lunettes cerclées de métal. Ce dernier s'efforçait d'attirer l'attention d'Izzy, visiblement désireux de flirter avec elle. Difficile de le blâmer, le pauvre. Izzy était belle, mais aussi pleine de grâce et de vivacité. Et tout à fait dans son élément. C'était une vraie professionnelle, qui connaissait bien son métier. Pas étonnant que cet homme la couve des yeux. Même les deux autres clients, en couple, la contemplaient d'un air appréciateur. Mais cet homme à lunettes était horripilant…

Zayn s'efforça de se ressaisir. Rien ne l'autorisait à être jaloux. Parce qu'il serait stupide de le nier. Cet agacement prodigieux n'était rien d'autre que de la jalousie. Après toutes ces années, il ne pouvait s'empêcher, tout au fond de lui, d'avoir l'impression qu'Izzy et lui étaient toujours liés. Comme s'il pouvait revenir dans sa vie et reprendre leur relation là où il l'avait interrompue…

Ses yeux étaient toujours aussi spectaculaires, variant du brun chaud au caramel doré quand un rayon de soleil éclairait son visage… Fasciné malgré lui, Zayn entendit vaguement une des femmes demander à Izzy ce qui l'avait amenée à choisir cette profession. Elle expliqua qu'elle avait grandi dans une famille dont plusieurs membres travaillaient pour un établissement vinicole renommé, et que son intérêt pour chaque étape de la fabrication du vin s'était rapidement transformé en passion. Elle avait complété les connaissances acquises sur le terrain par de brillantes études.

Il eut un pincement au cœur. Non seulement le travail ne lui faisait pas peur, mais c'était une étudiante très douée. Trop douée pour quelqu'un comme lui. Il lui avait rendu service quand il l'avait quittée pour la laisser réaliser ses rêves. Même si ce n'était pas lui qui avait fait ce choix. La décision était venue de son père à elle.

Mais ce dernier avait eu raison de lui demander de quitter la ville et de rompre tout lien avec sa fille. Il estimait que c'était mieux pour elle et il ne s'était pas trompé. Il n'avait d'ailleurs pas été agressif avec lui. Juste franc et direct. Izzy obtenait d'excellents résultats à l'université et elle était promise à un brillant avenir. Alors que de son côté il ratait tout ce qu'il entreprenait, se rabattait sur des petits boulots et se faisait régulièrement arrêter pour des bagarres dans les bars ou autres troubles à l'ordre public. À l'époque, il filait un mauvais coton. Le message sous-jacent n'était pas malveillant. Mais très clair. « Vous n'êtes pas assez bien pour elle. » De même qu'il n'avait pas été assez bien pour ses parents, qui l'avaient abandonné, ni pour toutes les familles qui avaient suivi.

Alors qu'elle abordait l'étape de ses études, Izzy lança un bref regard à Zayn. À la vue de la souffrance qui se lisait dans ses yeux, il éprouva un vif sentiment de culpabilité. Mais à quoi bon se laisser submerger par le remords ? Ça ne les avancerait à rien ni l'un ni l'autre. D'autant plus que beaucoup d'eau avait coulé sous les ponts, depuis. Elle l'ignorait, certes, mais il avait agi pour son bien. La femme d'affaires accomplie qui se trouvait devant lui aujourd'hui en était la preuve. De toute évidence, elle était à la fois très compétente et enthousiasmée par son travail. En tant qu'associée, elle serait parfaite. Dommage que le statu quo ne soit pas viable. D'une part, tenter de se comporter comme s'il n'y avait jamais rien eu entre eux le rendrait très vite fou. D'autre part, Izzy ne serait jamais d'accord avec son plan de développement pour Stackhouse. Or c'était un projet qu'il se devait de réaliser. Concernant l'unique petite part d'héritage que sa famille lui avait léguée, il n'était pas prêt à négocier. Ce qui donnerait une raison de plus à Izzy de le haïr. Comme si elle n'en avait pas déjà suffisamment… Il ne restait plus qu'à espérer qu'elle n'accueillerait pas trop défavorablement l'offre qu'il comptait lui faire. Une proposition si avantageuse qu'elle serait stupide de la refuser. Il l'observa tandis qu'elle passait à la présentation des vins rouges. Coiffée d'un chignon serré, elle était vêtue d'un tailleur gris assez strict tout en restant féminin. À vrai dire, il la préférait en costume d'elfe, avec un bonnet pointu à clochette dont s'échappaient des mèches folles…

— Tous nos vins vieillissent en fûts de chêne, déclara-t-elle. Ce cabernet, par exemple, est sublimé par de subtils arômes boisés.

Une des femmes but une gorgée de vin et émit un petit ronronnement de plaisir.

— Malheureusement, ce millésime est déjà épuisé, précisa Izzy. Il y a une liste d'attente pour le prochain.

— Oh ! non ! s'exclama la femme qui venait de le déguster.

Un murmure de déception fit le tour de la table, et Zayn secoua la tête. C'était exactement ce qu'il voulait éviter. Perdre des ventes potentielles n'était pas acceptable. Si un vin apprécié n'était pas disponible pour tous les clients intéressés, cela signifiait qu'il y avait une faille dans le processus de fabrication. Une fois qu'il contrôlerait l'ensemble des opérations, il remédierait à ce genre de problème.

— Bien sûr, nous pourrons vous inscrire sur cette liste si vous le souhaitez, poursuivit Izzy. En attendant, laissez-moi vous servir notre pinot noir.

Après dégustation, les réactions furent de nouveau enthousiastes. Très bien. Le système de la liste d'attente et le succès remporté par chacun des vins étaient des points en faveur d'Izzy. Il ne manquerait pas de le souligner juste avant de lui annoncer qu'il comptait transformer radicalement l'organisation de l'entreprise.

3.

Que lui avait-il pris d'accepter ?

Izzy montait le petit escalier de bois à flanc de coteau, derrière les vignes. Dire que Zayn était de retour… Elle avait encore du mal à le croire. En fait, elle s'attendait à ce qu'il lui donne juste un coup de téléphone pour lui faire quelques suggestions en tant qu'associé, lui souhaiter bonne chance et lui demander de le tenir au courant des affaires par mail. Puis qu'ensuite il la laisserait tranquille. Bref, elle avait pris ses désirs pour des réalités. Grave erreur…

Il devait pourtant avoir mieux à faire que de revenir ici, non ? Après tout, il était parti sans un regard en arrière depuis années.

C'était par curiosité qu'elle avait accepté ce rendez-vous. Mais pourquoi justement ici ? Si elle avait réfléchi deux secondes, elle aurait insisté pour aller ailleurs. Beaucoup trop de souvenirs étaient attachés à cet endroit. Pour elle, en tout cas. Zayn ne se rappelait sans doute même pas les moments volés qu'ils avaient passés ensemble sur ce versant de la colline. Loin du monde, loin de tous ceux qui n'appréciaient pas de les voir ensemble. Il avait probablement oublié tous leurs baisers volés. C'était sans aucun doute pour ça qu'il lui avait donné rendez-vous là. Mais pourquoi avait-elle accepté ? À l'idée de se retrouver seule avec lui dans cet endroit, elle tremblait de la tête aux pieds…

Elle le trouva en train de s'installer à la petite table de pique-nique en bois. N'importe quel témoin jugerait la scène digne de figurer dans une comédie romantique. Une bouteille de vin dans un seau à glace et deux verres attendaient à un bout de la table. Au centre étaient posés une grande jatte en verre pleine de salade verte, ainsi que deux sandwichs baguette enveloppés dans des sacs du traiteur. Pas de doute, il savait organiser un pique-nique en tête à tête avec une femme. Prenant conscience qu'elle avait un sourire joyeux aux lèvres, Izzy s'efforça de se ressaisir.

Du calme. N'oublie pas que c'est juste un déjeuner d'affaires.

Ralentissant le pas, elle arbora un visage sérieux.

— Te voilà, dit-il avec un large sourire.

Contrairement à elle qui avait troqué son tailleur contre un jean et un sweat en coton épais, il ne s'était pas changé. Il avait juste ouvert les deux premiers boutons de son polo, ce dont elle se serait bien passée… Elle détourna les yeux du triangle de peau dorée à présent visible à la base de son cou.

— C'est un vrai festin, on dirait, commenta-t-elle d'un ton neutre.

Le sourire de Zayn s'élargit encore.

— C'est autre chose que les hot-dogs bien gras que nous mangions ici en cachette. À l'époque où c'était tout ce que nous avions les moyens de nous offrir.

Elle réprima un soupir. Était-il vraiment obligé d'évoquer ces souvenirs ? Ils s'imposaient déjà à elle assez facilement sans son aide… Et c'était vraiment la dernière chose dont elle avait besoin après les efforts qu'elle avait faits pendant des années pour les oublier.

Il n'était de retour que depuis quelques heures, et elle était déjà complètement déstabilisée.

— Oui, en effet… C'est autre chose que les hot-dogs, dit-elle en s'asseyant. Merci d'être allé chercher tout ça.

— Je t'en prie. J'espère que tu as faim.

— J'ai une faim de loup, assura-t-elle en prenant une serviette qu'elle déplia sur ses genoux.

— Et tu as soif également, j'espère.

Il lui servit un verre de sauvignon qui développait un arôme de fleur d'oranger. Son estomac se mit à gargouiller alors qu'elle déballait son sandwich.

Il serait facile de prendre l'habitude de faire des pique-niques raffinés en compagnie d'un homme séduisant et attentionné. Après la matinée qu'elle avait passée, elle pouvait bien se permettre de se détendre en faisant abstraction de la situation. Ça ne pouvait pas avoir des conséquences très graves. Zayn s'était donné du mal pour improviser ce repas succulent, après tout. Le moins qu'elle pouvait faire, c'était de savourer ce moment.

— Tu veux humer le bouchon ? demanda-t-il avant de s'asseoir en face d'elle.

— Ça ne sera pas nécessaire.

Elle mordit dans son sandwich et faillit pousser un gémissement de plaisir. Quel délice ! Elle aurait toujours un faible pour la baguette française… Ces jours-ci, elle déjeunait le plus souvent d'une barre de céréales avalée précipitamment à son bureau pendant qu'elle vérifiait les comptes ou traitait les commandes. En comparaison, ce pique-nique était un beau cadeau.

Zayn semblait vraiment déterminé à faire des efforts.

Il fallait qu'elle lui accorde le bénéfice du doute. Ils étaient à peine sortis de l'adolescence quand il était parti. Aujourd'hui ils étaient tous les deux plus âgés et plus mûrs. Ce repas qu'il avait organisé pour elle était en quelque sorte un rameau d'olivier. Ils n'avaient aucune raison de ne pas envisager leur association comme deux professionnels responsables ayant pour seul objectif la prospérité de Stackhouse.

— Merci encore, Zayn. Ce sandwich est succulent. Il compense presque la matinée épouvantable que j'ai passée.

— Je t'en prie.

— À ce propos, M. Reyes s'est confondu en excuses. Il a juré que ça ne se reproduirait pas. L'année prochaine, il sera parfaitement sobre. Un vrai Père Noël.

Une lueur étrange s'alluma furtivement dans les yeux de Zayn, et il s'éclaircit la voix.

— L'année prochaine ?

Elle hocha la tête et mordit de nouveau dans son sandwich avec délectation.

— Oui. Tous les ans il y a la visite du Père Noël, ainsi que les illuminations dans les vignes.

— C'est entre autres de ça que je voulais discuter avec toi, déclara Zayn en posant son sandwich et en faisant glisser ses doigts sur le pied de son verre.

À la vue de ce simple geste, Izzy sentit une douce chaleur se répandre entre ses reins. Allons bon, sa libido restée en sommeil pendant des années se réveillait... Le moment était particulièrement mal choisi. Elle se força à se concentrer sur la conversation.

— Du problème de M. Reyes ? Il m'a assuré qu'il ne serait pas ivre l'année prochaine.

Elle inspira profondément, prête à se battre pour le vieil homme si nécessaire.

— De tout, Izzy.

Elle déglutit péniblement. Le ton ferme de Zayn et son visage fermé n'auguraient rien de bon.

— Tout quoi ?

Elle posa son sandwich et s'essuya le coin des lèvres avec sa serviette en papier.

— Tu ferais peut-être bien de dire carrément ce que tu

as à dire, Zayn. Quelle est la véritable raison de ta présence ici ? Pourquoi es-tu venu d'aussi loin ?

Il inclina légèrement la tête.

— Très bien. Je suis venu te faire une offre.

— Quel genre d'offre ?

Avant qu'elle ait le temps de prendre conscience de ce qu'il faisait, il fit glisser son téléphone sur la table jusqu'à elle. Une série de chiffres suivie du signe du dollar était affichée à l'écran.

— Ça fait beaucoup de zéros… Que signifient-ils ?

— C'est mon point de départ. Il est négociable, mais je pense que la somme est plus qu'honnête.

Le sang d'Izzy se glaça dans ses veines. Quelle idiote ! Les sandwichs, le vin, la table de pique-nique… Dire qu'elle avait cru qu'il s'était donné tout ce mal pour lui faire plaisir… Quelle naïveté ! C'était juste pour l'amadouer avant de lâcher la bombe qui lui était destinée.

Elle aurait dû s'en douter.

Il ne la comprendrait jamais. En un éclair, ses traits qui jusque-là exprimaient la sérénité s'étaient crispés sous l'effet de la colère. Elle semblait prête à lui jeter son verre de vin à la figure. Bien sûr, il ne s'attendait pas à ce qu'elle saute de joie. Mais elle aurait au moins pu se donner la peine de l'écouter pendant une minute ou deux.

— Tu plaisantes, j'espère, dit-elle d'une voix glaciale.

— Iz, écoute-moi juste un instant.

— Ne m'appelle pas comme ça !

Allons bon… Son utilisation du diminutif affectueux qu'il lui donnait autrefois n'était même pas intentionnelle.

— D'accord. Mais peux-tu juste m'accorder une minute et entendre raison ?

— Entendre raison ?

Elle balaya le décor d'un grand geste des bras.

— C'est pour ça que tu t'es donné le mal d'organiser un pique-nique ? Avec du bon vin et mon sandwich préféré ?

Oh non… Ses yeux brillaient-ils vraiment ? Était-elle au bord des larmes ? En tout cas, elle était tellement furieuse contre lui qu'elle en suffoquait.

— C'est pour me faire entendre raison ? répéta-t-elle. Pour me convaincre plus facilement de quitter mon travail ?

Quitter son travail ? Il n'avait pas l'intention de lui demander de partir ! L'établissement serait perdu sans elle. Elle tirait des conclusions hâtives. Mais il fallait reconnaître qu'il aurait sans doute pu mieux s'y prendre pour transmettre son message. D'ordinaire, il se flattait d'être un grand communicant, capable d'aboutir à des accords très satisfaisants à chaque fois qu'il entamait des négociations. Sauf qu'ici, en face d'Izzy, il n'était pas en pleine possession de ses moyens.

— Personne n'a dit que ton poste était remis en question. Quoi qu'il arrive, tu sais que tu as ta place ici. Je souhaite même vivement que tu continues à assumer tes fonctions.

— Oh ! vraiment ? D'après ce que je sais, tu n'es pas le seul décideur.

— C'est là le problème, Iz… *zy*.

Il se maudit intérieurement. C'était plus fort que lui, il employait spontanément son diminutif. Et en hésitant il lui avait donné sans le vouloir une inflexion encore plus affectueuse…

— Que veux-tu dire ? demanda-t-elle sèchement.

— Tu sais aussi bien que moi que nous n'avons pas la même conception de la gestion de Stackhouse. Myrna et toi vous gériez la société comme un centre social vendant accessoirement du vin via des circuits de distribution très courts. Ce n'est pas comme ça qu'on fait prospérer un établissement vinicole. Ou n'importe quelle entreprise, d'ailleurs.

— Je trouve ce commentaire insultant. Ça a toujours très bien marché pour nous.

— Je ne cherche pas à t'insulter. J'énonce simplement les faits. Si nous restons copropriétaires, nous allons passer notre temps à nous opposer sur tout.

— Si je comprends bien, ton plan génial pour régler nos différends c'est de me racheter ma part ?

— Je considère que c'est un plan très judicieux.

— Mais tu me garderais comme employée. Je n'aurais pas voix au chapitre et je devrais me contenter de suivre tes directives, c'est bien ça ?

Il réprima une grimace. Il fallait reconnaître que présenté de cette manière…

— Izzy, tu aurais toujours voix au chapitre, bien sûr. Tu serais directrice technique, responsable des vignes et de la production.

— Uniquement en vertu de ton bon plaisir. Et je devine quel poids auraient mes opinions… Pourquoi ai-je imaginé que tu avais peut-être changé ?

Elle comptait remettre le passé sur le tapis ? Il n'avait pas à se justifier. Ni devant elle ni devant quiconque. En fait, il avait changé. Mais personne ici ne s'en rendrait jamais compte. Pas Izzy. Et encore moins son père. Mais il n'avait pas l'intention de s'expliquer. Plus jamais. C'était une décision qu'il avait prise des années plus tôt. Lutter pour se racheter aux yeux des autres n'avait jamais mené à rien. Sinon à aggraver sa frustration. Malgré sa réussite professionnelle, toutes les personnes appartenant à son passé refusaient de voir en lui autre chose que l'adolescent rebelle et bagarreur qui s'attirait des ennuis. En bref, une source d'embarras. Pourquoi imaginer qu'Izzy le verrait autrement ?

— Tu es toujours aussi égoïste, ajouta-t-elle, le confortant dans son opinion.

Idiote ! Triple idiote !

Dire qu'elle avait été touchée par l'invitation de Zayn et le raffinement de ce pique-nique ! Pendant quelques instants, elle s'était dit qu'il avait peut-être envie de renouer des liens d'amitié. De savoir ce qu'elle devenait après toutes ces années. Alors qu'en réalité toutes ses attentions étaient intéressées. Mais si elle était aussi blessée, elle ne pouvait s'en prendre qu'à elle-même. Comment pouvait-elle encore se bercer d'illusions au sujet de cet homme ? Izzy se dirigeait vers le chai, plongée dans ses réflexions amères. Cinq ans plus tôt, il l'avait quittée du jour au lendemain sans la moindre hésitation. Aujourd'hui, il avait hâte de se débarrasser d'elle. Comment pouvait-il manquer de cœur à ce point ? Cette propriété était son refuge. Elle s'y sentait chez elle. Il devait bien être conscient que, si elle lui cédait sa part, elle n'aurait pas d'autre choix que de s'en aller. Il lui avait laissé la possibilité de rester, mais c'était sans doute une hypocrisie de plus. En réalité, il devait compter sur son départ. Alors qu'elle insérait une pipette dans un fût pour prélever un échantillon de vin, elle entendit des pas derrière elle. Pourquoi n'était-elle pas surprise ?

— Izzy, je suis désolé de t'avoir annoncé mes projets sans ménagement. Ce n'était pas mon intention.

Elle vit apparaître dans son champ de vision un sachet de bonbons à la lavande.

— J'espère que tu aimes toujours ces bonbons ?

Pas question de retomber dans le même piège. Les cadeaux évocateurs du passé n'auraient plus aucun effet sur elle.

— J'ai beaucoup de travail, Zayn.

Elle entendit un profond soupir derrière elle, et le sachet disparut de son champ de vision.

— Il faut que nous discutions de tout ça, Izzy.

Elle crispa les doigts sur la pipette. Malheureusement, il avait raison. Elle avait beau mourir d'envie de lui opposer une fin de non-recevoir, elle ne pouvait pas se permettre de l'ignorer. Myrna l'avait vraiment mise dans une situation impossible… Pourtant, cette femme qu'elle avait connue toute sa vie n'avait jamais pris une seule décision qui ne soit pas mûrement réfléchie. Elle avait forcément ses raisons quand elle avait rédigé son testament.

« Vous avez besoin l'un de l'autre tous les deux. » C'était par ces mots que se terminait la lettre que Myrna avait incluse pour elle dans son testament. Qu'avait-elle voulu lui dire ? Elle n'en avait aucune idée. Pourquoi aurait-elle besoin d'un homme qui lui avait brisé le cœur en la laissant tomber du jour au lendemain ? Myrna avait peut-être estimé que le sens des affaires de Zayn et sa propre connaissance du domaine étaient complémentaires. Peut-être avait-elle pensé que leur collaboration pouvait être fructueuse ? Comment savoir ? Une seule chose était certaine. Il fallait qu'elle traite avec Zayn jusqu'à ce que le problème soit réglé. D'une manière ou d'une autre.

En soupirant, elle se retourna vers Zayn.

— Je suis vraiment désolé, Izzy. Je ne voulais pas te faire de la peine.

Il semblait sincère… Elle prit à contrecœur le sachet de bonbons qu'il lui tendait de nouveau. Mais pas question de le remercier.

— D'habitude je m'y prends mieux pour entamer des négociations. Mais quand tu as parlé de la visite du Père Noël et des illuminations dans les vignes, ça m'a paru une bonne entrée en matière.

— Ce genre d'événements te pose un problème ?

— Je ne vois pas en quoi ils peuvent contribuer à stimuler les ventes. Mais j'aurais dû m'exprimer autrement. Je sais que Myrna aimait ces petites réunions.

— Écoute, la situation n'est pas simple pour moi non plus, répliqua-t-elle en s'efforçant de parler calmement. Mais Myrna voulait que je possède la moitié de ce domaine. Elle devait avoir ses raisons.

En fait, Myrna se doutait sûrement que son petit-neveu serait prêt à faire table rase de tout ce que Stackhouse représentait dans la Napa Valley. Pour les gens de la région, c'était bien plus qu'un simple établissement viticole. Mais Zayn ne serait jamais sensible à cet aspect des choses. Il ne raisonnait qu'en termes de rentabilité.

— Toi, tu ne penses qu'aux chiffres.

— Nous pouvons négocier le montant que je te propose.

Elle faillit lui lancer le sachet de bonbons à la figure.

— Tu ne comprends rien ! Ça n'a rien à voir avec ton offre !

— De quoi parles-tu, alors ?

Comment pouvait-il être aussi obtus ? Elle s'exhorta au calme.

— Réfléchis. Myrna aurait pu me léguer une somme d'argent et stipuler dans son testament que tu devais me garder à mon poste. Mais elle ne l'a pas fait.

— Et alors ? Où veux-tu en venir ?

— Myrna ne s'est pas contentée de prendre les dispositions nécessaires pour assurer mon avenir.

La gorge d'Izzy se noua. Parce que Myrna tenait à ce qu'elle ne manque de rien après sa disparition. Il n'y avait aucun doute là-dessus. Mais en rédigeant son testament comme elle l'avait fait, elle avait voulu lui demander quelque chose en échange. À présent elle comprenait sa démarche. Myrna l'avait chargée implicitement de veiller à la pérennité de l'esprit de Stackhouse. En refusant d'accorder la priorité à la rentabilité.

— Elle a eu un projet très précis pour cet endroit dès qu'elle l'a repris après le décès de ton oncle. Elle avait en particulier des idées très arrêtées sur la mission et les valeurs de l'entreprise, auxquelles elle tenait beaucoup.

— Et elle savait que tu respecterais ses idées.

Izzy hocha la tête. Peut-être y avait-il un espoir qu'il comprenne…

— Dans ce cas, pourquoi a-t-elle pris la peine de me léguer une part de Stackhouse ?

Oh… La gorge d'Izzy se noua. Comment pouvait-il poser une question pareille ? C'était déchirant. De toute évidence, il n'avait pas fait la paix avec son passé.

— Parce que tu étais son petit-neveu, Zayn. Et parce qu'elle t'aimait.

Pour toute réponse, il émit un petit rire sarcastique et tourna les talons. Elle le regarda s'éloigner, le cœur serré. Mieux valait éviter de le suivre pour tenter de le réconforter. C'était sans aucun doute la dernière chose qu'il souhaitait.

4.

Eh bien, ça s'était passé aussi mal que possible…

Zayn regagna sa chambre comme un automate. C'était déjà l'après-midi, mais de toute façon il avait l'impression d'être arrivé depuis des semaines. L'étau familier lui comprimait la poitrine, et il avait du mal à respirer. Avec un peu de chance, s'il arrivait à temps dans sa chambre et refermait la porte derrière lui, il devrait échapper au malaise.

Izzy ignorait de quoi elle parlait. Sa tante Myrna l'avait accueilli sous son toit, certes, mais parler d'amour ou même d'affection, c'était très exagéré.

Izzy avait toujours été en admiration devant sa tante, et c'était réciproque. Myrna avait eu un faible pour Izzy dès que sa famille avait commencé à travailler au domaine. Dès son arrivée, la petite fille avait conquis le cœur de sa tante, qui avait fini par devenir son mentor.

À l'époque, Izzy était le rayon de soleil dans la vie de tous. Alors que de son côté il était un gros nuage noir et menaçant.

Quatre-vingt-seize… quatre-vingt-quinze…

Lorsqu'il atteignit cinquante, sa respiration devint plus régulière, et son rythme cardiaque commença à ralentir au moment où il arrivait dans sa chambre. Quelques secondes plus tard, son téléphone sonna. Sur l'écran s'affichait le nom de Clara, son assistante de New York. Elle lui avait laissé plusieurs messages, mais il n'avait pas eu le temps de la rappeler. Il répondit à contrecœur. Parler était la dernière chose dont il avait envie.

— Bonjour, Clara.

— Bonjour.

— Désolé, je n'ai pas pu vous rappeler. Les choses ne se passent pas tout à fait comme prévu.

— Oh ? C'est-à-dire ?

— La négociation pose des problèmes.

— Je vois. L'autre partie est exigeante ?

— Oui.

Et non. Il eut une moue désabusée. En réalité, Izzy ne cherchait même pas à négocier.

— Au risque de paraître manquer de tact, elle n'a aucun lien de parenté avec la défunte, n'est-ce pas ?

Cette question le déstabilisa. Izzy n'était pas liée à Myrna par le sang, mais sa tante l'avait toujours considérée comme faisant partie de la famille.

— Pas au sens strict. Pourquoi cette question ?

— Il pourrait y avoir d'autres voies à emprunter pour acquérir la pleine propriété.

Il réprima un soupir. Clara pouvait se montrer impitoyable en affaires. C'était une des raisons pour lesquelles il l'avait engagée trois ans plus tôt. Mais dans ce cas précis, sa propension à l'acharnement était très mal placée.

— Je ne pense pas que nous ayons besoin d'en arriver là, Clara.

Elle ne se laissa pas décourager.

— Votre grand-tante était âgée et sa santé fragile. Peut-être n'avait-elle plus toute sa tête. Quelqu'un de proche aurait pu facilement en profiter.

Zayn faillit s'esclaffer. Comme si sa grand-tante avait pu laisser qui que ce soit profiter d'elle ! Mais Clara faisait simplement ce pour quoi elle était payée. Elle cherchait le meilleur moyen de défendre les intérêts de l'entreprise.

— Ce n'est pas une voie que je souhaite suivre.

— En êtes-vous certain, monsieur Joffman ? Il ne serait sans doute même pas nécessaire d'avoir recours à la justice. En général, ce genre d'affaire se conclut par un accord à l'amiable.

— Ce n'est pas une option, Clara, répliqua-t-il d'un ton plus vif qu'il ne l'aurait voulu.

Il refusait d'envisager un seul instant cette solution. Izzy était la dernière personne au monde qui tenterait de profiter de quelqu'un. Et surtout pas de sa tante. Elle avait travaillé dur à Stackhouse pendant des années et elle méritait ce que Myrna lui avait légué. Il était juste très dommage qu'ils aient des vues aussi divergentes sur la gestion de l'établissement.

— Il se trouve que l'autre partie est une personne honnête, très appréciée dans la région. Elle n'a absolument rien d'une manipulatrice. Je ne l'ai jamais entendue dire le moindre mensonge. Et je la connais depuis très longtemps.

Clara resta silencieuse un instant. Quand elle reprit la parole, sa surprise était manifeste.

— Je suis désolée. J'ignorais que vous connaissiez aussi bien l'autre personne.

Il eut un pincement au cœur. Si Clara savait… Izzy et lui avaient eu des liens très étroits. Autant dire des relations intimes. Mais ça paraissait si loin, aujourd'hui… Comme si ça s'était passé dans une autre vie.

— Inutile de vous excuser, déclara-t-il d'un ton apaisant. Mais faites-moi confiance si je vous dis que nous finirons par trouver une solution. Pour l'instant, les négociations sont juste en suspens.

Par chance, Clara ne demanda pas de précisions.

— Dans ce cas, j'attends vos instructions et je mets le dossier de côté pour l'instant.

Il la remercia et coupa la communication. Il avait besoin

de calme pour réfléchir. Ce qu'il venait de dire à Clara était la pure vérité. Izzy n'était absolument pas manipulatrice. En fait, le seul défaut qu'il pourrait lui trouver, c'était sa tendance à être un peu impulsive.

À part ça, elle était quasiment parfaite. Intelligente, travailleuse, séduisante… Une image d'elle, très sexy dans le costume d'elfe, s'imposa à l'esprit de Zayn. Il s'empressa de la chasser. Quand elle souriait, c'était comme si un minisoleil éclairait l'endroit où elle se trouvait. Voyait-elle quelqu'un ? Ce n'était pas la première fois qu'il se posait cette question… La réponse était sûrement oui. N'importe quel homme succomberait à son charme irrésistible.

Bon sang ! Il ferait mieux d'éviter ce genre de pensées ! Se frottant le front, Zayn s'affala sur le lit derrière lui. Il était encore bien mordu… Il avait réussi à l'ignorer pendant toutes ces années en raison de la distance physique qui les avait séparés, mais ses sentiments pour Izzy n'avaient jamais faibli. Ils étaient juste enfouis en lui. Il avait suffi de la revoir pour qu'ils remontent à la surface. Qu'y faire ? Il n'en avait aucune idée.

— Je ne comprends pas pourquoi celles-ci ne s'allument pas.

Izzy leva les yeux vers Ethan Graves, médecin, perché sur l'escabeau devant Frosty le bonhomme de neige censé être lumineux et animé. L'installation des illuminations était presque terminée, mais il y avait apparemment un problème dans cette section. Frosty ne s'allumait pas.

— Quel est votre diagnostic, docteur ? plaisanta-t-elle.

Ethan était un ami loyal qui prenait un jour de congé chaque année pour aider Izzy et Myrna à installer les décorations et les guirlandes lumineuses devant l'établissement et jusque dans les vignes sur plus d'un kilomètre. Et il n'acceptait pour toute rémunération qu'une caisse de cabernet et un repas fait maison. Elle lui en était très reconnaissante. Surtout cette année, marquée par l'absence de Myrna et le retour du neveu prodigue.

Ethan déposa sur le haut de l'escabeau les fils qu'il avait dans les mains et descendit.

— Je crains que ça ne se présente mal.

— Dites-moi la vérité, docteur. Je peux l'entendre, répliqua-t-elle en prenant comme lui un ton faussement grave.

— D'accord. Mais il va falloir être courageuse.

— Je suis prête.

— Nous allons être obligés de remplacer toutes les ampoules.

Elle posa une main devant sa bouche pour étouffer un gémissement théâtral et crispa l'autre sur sa poitrine.

— Il n'y a vraiment pas d'autre moyen ?

Poursuivant leur petite comédie, il la prit par les épaules.

— Je crains que non.

— Oh ! non !

Il resserra ses doigts sur ses épaules.

— Je sais que c'est dur. Mais il faut être forte, Izzy. Pour lui. Pour Frosty.

Incapable de garder son sérieux plus longtemps, elle éclata de rire. Ethan pouffa à son tour.

Elle sentit la présence de Zayn derrière eux avant de l'entendre. Un long frisson la parcourut.

— J'espère que je ne vous dérange pas ? demanda-t-il.

Ethan se tourna vers lui, la main tendue.

— Zayn ! J'avais entendu dire que vous étiez de retour dans la vallée.

Izzy regarda les deux hommes se serrer la main. L'attitude de Zayn était cordiale, et il salua aimablement le médecin, qu'il avait rencontré une ou deux fois avant de quitter Napa. Mais il y avait une certaine tension chez lui. Il était contrarié. Elle le sentait. Et il n'était pas difficile de deviner pourquoi.

C'étaient les illuminations qui lui déplaisaient. Nul doute qu'il les considérait comme aussi inutiles que la distribution des cadeaux de Noël aux enfants.

Avait-il toujours été cette version insupportable du Grinch, ce grincheux qui voulait gâcher Noël ?

— Non, tu ne nous déranges pas. Nous étions en train d'essayer de ranimer ce bon vieux Frosty. Apparemment, il a besoin d'un nouvel équipement.

Il arqua un sourcil narquois.

— C'est peut-être un signe ?

— Quel genre de signe à ton avis ? demanda-t-elle en prenant un air innocent.

Il soupira et enfonça les mains dans les poches de son pantalon.

— Tout ça est-il vraiment nécessaire, Izzy ? À quoi bon des illuminations de Noël dans un établissement vinicole de Californie ? Ça ne fait pas vendre du vin.

Elle le savait !

— Ne crois pas ça. Ça amène au moins plus de monde que d'habitude au magasin. À cette période de l'année, la région ne fourmille pas de touristes.

Elle jeta un coup d'œil à Ethan dans l'attente de son soutien. Mais il se contentait de les regarder tour à tour, Zayn et elle, comme s'il suivait un match de tennis. Un petit sourire amusé aux lèvres… De toute évidence, il ne fallait pas compter sur lui pour prendre son parti.

— Ça attire peut-être des clients, mais pas ceux dont nous avons besoin. Les familles avec enfants en bas âge n'achètent pas beaucoup de vin. Une bouteille de temps en temps.

— C'est mieux que rien, rétorqua-t-elle en croisant les bras.

— Vraiment ? Vu le coût de l'opération, je dirais que ce n'est pas beaucoup mieux que rien. La facture d'électricité à elle toute seule annule sans doute les bénéfices.

Elle serra les dents, exaspérée.

— Tous les gens du coin aiment nos illuminations. Ce sont les seules de ce genre à des kilomètres à la ronde. Il est hors de question de les annuler.

Tant qu'elle aurait son mot à dire, la tradition serait respectée.

Ethan s'éclaircit la voix.

— Je ferais mieux d'y aller.

Alors lui aussi il la laissait tomber ? Ah, les hommes ! Tous aussi peu fiables les uns que les autres !

— Où vas-tu ? s'exclama-t-elle d'un ton plus vif qu'elle n'en avait eu l'intention.

Ethan leva les mains dans un geste d'apaisement.

— Je voudrais essayer de trouver des ampoules de rechange. Pour vérifier si le problème vient de là.

Zayn donna des signes d'impatience.

— Bien. Si vous tenez vraiment à terminer l'installation, laissez-moi jeter un coup d'œil. J'ai suivi quelques cours d'électrotechnique pendant mes études.

Izzy le considéra avec surprise. Elle ignorait ce détail. Pourquoi un homme d'affaires prendrait-il des cours d'électrotechnique ?

— C'est vrai ? demanda-t-elle, incapable de masquer sa curiosité.

— Des cours facultatifs. Ça m'a toujours intéressé.

Il s'approcha de l'escabeau.

— Je vais juste jeter un coup d'œil.

Ethan s'écarta.

— Allez-y, mais j'ai essayé pendant presque une demi-heure. Ça ne s'allume pas.

Zayn monta deux marches et prit les fils pour les examiner. Puis il dévissa une ampoule pour l'observer à son tour.

— Apparemment il n'y a rien qui cloche.

Il monta en haut de l'escabeau, les fils à la main.

— Je crois savoir d'où ça vient. Ça doit être…

Il s'interrompit subitement et resta figé pendant une seconde avant de vaciller, secoué de la tête aux pieds par un violent tremblement. Puis, sous le regard horrifié d'Izzy, il bascula en arrière et tomba de l'escabeau.

5.

En revenant à lui, Zayn fut aveuglé par un faisceau lumineux. Puis la lumière laissa place au visage d'Ethan Graves, penché sur le sien. Il y avait aussi des effluves de lavande… Izzy devait être tout près. Elle avait toujours senti la lavande. Ou le vinaigre ? Non, la *lavande*. Oui, c'était plutôt ce mot-là. Ça sonnait mieux.

Il avait dû recevoir un coup à la tête…

— Que s'est-il passé ?

— Il devait y avoir un fil défectueux. Vous avez reçu une décharge électrique.

— Oh !

— La décharge devait être faible, mais vous vous êtes cogné la tête en tombant.

Bingo. Il ne s'était pas trompé. À cet instant, il prit conscience des élancements qui lui vrillaient les tempes. Un grognement de douleur lui échappa.

— Oh ! mon Dieu, Zayn ! Ça va ?

S'efforçant de surmonter la douleur, il tourna la tête et rencontra le regard inquiet d'Izzy. Elle était accroupie à côté de lui, un bras autour de ses épaules.

— Oui, ça va.

Il huma son cou.

— Tu sens le vinaigre.

— Quoi ?

Il avait dû se tromper de mot…

— Ne fais pas attention.

— Au moins, vous avez eu la présence d'esprit de tomber juste à côté d'un médecin, plaisanta Ethan.

— J'ai eu de la chance…

— Je pense que vous n'avez rien de sérieux. Pouvez-vous vous lever ? Doucement.

Avec l'aide d'Izzy et d'Ethan, Zayn parvint à se hisser sur ses pieds. À part le fait que le paysage oscillait devant lui, il ne se sentait pas trop chancelant. Mais les élancements persistaient et il voyait un peu trouble…

— Pas de problèmes de vue ? demanda Ethan.

— Non, mentit-il.

— Venez, rentrons dans la maison.

— Zayn, je suis vraiment désolée, dit Izzy à sa gauche. Je ne me pardonnerai jamais ça.

Elle n'y était pour rien. Ce n'était pas sa faute si Frosty n'avait pas apprécié la façon dont il l'avait malmené… Zayn entendit Ethan pouffer. Allons bon, il avait dû penser tout haut…

— Je suis heureuse de voir que ta chute ne t'a pas fait perdre ton sens de l'humour, dit-elle, visiblement soulagée.

Quelques instants plus tard, Zayn fut installé sur le canapé du grand salon de la maison. Ethan l'observait, les poings sur les hanches, tandis qu'Izzy plaçait un oreiller sous sa tête.

— Tu as très mal ?

— Ne t'inquiète pas, Izzy. Ça va.

Nouveau mensonge… Il avait l'impression qu'un marteau fou se déchaînait à grands coups dans son crâne. Mais pas question d'avouer la vérité. Sa fierté avait déjà assez souffert pour la journée… Mais le regard d'Izzy restait inquiet. De toute évidence, elle ne le croyait pas. Elle le connaissait trop bien.

— Prenez un analgésique courant pour la douleur, recommanda Ethan. Je ne pense pas que vous soyez commotionné. Juste un peu ébranlé. Malgré tout, j'aimerais que vous observiez pendant quarante-huit heures les consignes habituelles en cas de commotion cérébrale.

— Qu'est-ce que ça signifie exactement ? demanda Izzy.

— Pas d'écrans. Pas de lecture. Repos dans la pénombre si possible.

Super. Il n'allait pas pouvoir travailler pendant son séjour à Napa. Or il avait déjà du retard sur plusieurs projets importants. Il aurait mieux fait de ne pas venir. Son penthouse de Manhattan lui convenait beaucoup mieux que cet immense manoir informe. Il aurait dû se douter que revenir ici ne pouvait rien apporter de bon. Voilà qu'il était au lit avec un énorme marteau en furie dans le crâne. La situation ne pouvait pas être pire.

— Il faut que tu veilles sur lui, Izzy.

— Vraiment ? demanda-t-elle en même temps que Zayn.

Il réprima une moue de dérision. *Rectification.* La situation venait d'empirer. Comme si dégringoler d'un escabeau devant elle n'était pas assez humiliant, il se retrouvait sous sa garde…

Ethan haussa les épaules.

— Il faut que quelqu'un le fasse. Pour vérifier si la douleur s'intensifie. Et s'assurer qu'il n'a pas de problèmes d'équilibre quand il est obligé de se lever. Il faut éviter à tout prix une autre chute.

Izzy hocha la tête.

— Bien sûr.

Elle avait répondu sans hésitation, mais l'appréhension était visible sur son visage, constata Zayn. Bien fait pour lui. Il n'avait qu'à pas se comporter comme un adolescent jaloux. C'était l'unique raison pour laquelle il se retrouvait cloué sur ce canapé. Il était en train de répondre à des mails urgents quand il avait commis l'erreur de regarder par la fenêtre. Il les avait vus, Ethan et elle, en train de s'occuper de ces fichues illuminations. Il avait bien tenté de les ignorer, mais sans succès. Il avait fini par ouvrir le battant pour tenter d'entendre des fragments de conversation. Plaisanteries, éclats de rire… De toute évidence, elle appréciait la compagnie d'Ethan, contrairement à la sienne. Avant même d'avoir conscience de ce qu'il faisait, il avait quitté sa chambre pour se précipiter dehors.

Et pour couronner le tout, il avait voulu jouer le héros bricoleur. Dire qu'il était tombé de l'escabeau sous les yeux d'Izzy ! Bravo le héros…

— Je n'ai pas besoin d'une baby-sitter, déclara-t-il. Je sais qu'Izzy a beaucoup de travail. La dernière chose dont elle a besoin, c'est d'être obligée de rester ici pour tenir le rôle de garde-malade comme si j'étais invalide.

Ethan secoua la tête.

— Pas de discussion. Je me souviens que vous étiez têtu, mais pas à ce point. Il faut que quelqu'un reste à votre chevet en permanence pendant les deux prochains jours. Ordre du médecin.

Zayn ouvrit la bouche pour protester, mais Izzy leva la main pour l'arrêter. Une habitude à elle qu'il trouvait à la fois touchante et exaspérante.

— Je resterai ici. Ça ne posera pas de problème. Je peux très bien faire une pause d'une journée dans la mise en fûts. Et pour demain, je demanderai à Hector de venir. Il sera rentré de son déplacement.

Hector était le frère d'Izzy. Qui ne cessait pas de le taquiner quand ils étaient jeunes, se rappela Zayn. Il le lui rendait bien, mais Hector était très doué pour lancer des piques redoutables. Quand il saurait pour quelle raison il était cloué au lit, il s'en donnerait à cœur joie.

Pas de doute, la situation s'améliorait de minute en minute…

Un moment plus tard, quand Izzy raccompagna Ethan à la porte, Zayn les entendit discuter en sourdine. À en juger par son ton apaisant, le médecin rassurait Izzy.

Elle revint avec des analgésiques pour lui.

— Il va appeler un de ses patients qui est électricien pour qu'il vienne régler le problème. C'est un vrai électricien, ajouta-t-elle après une pause en lui tendant les comprimés.

Ce bon vieux Ethan qui venait à la rescousse… De nouveau.

— Aïe.

Izzy tressaillit.

— Que se passe-t-il ? Tu as mal ?

— Non. C'est mon amour-propre qui vient de recevoir encore un coup.

Elle esquissa un sourire.

— Désolée. Je n'ai pas pu résister. À quoi pensais-tu ? Qu'est-ce qui t'a pris de manipuler un fil électrique sous tension ?

Je pensais que je détestais te voir rire et plaisanter avec un autre homme. Et du coup, il a fallu que je me ridiculise.

— J'ai pensé que je pouvais aider. Mais j'ignorais que le fil était sous tension.

— Hmm. Malgré tous ces cours d'électrotechnique…

Zayn réprima une moue de dérision. Apparemment le goût des taquineries, c'était de famille chez les Veracruz.

— Tu sais, ça ne sert à rien que tu restes là à jouer les infirmières. Je me sens déjà mieux.

Pour le prouver, il rabattit la couverture qu'elle avait posée sur lui et se leva. Mais il découvrit aussitôt qu'il n'était pas aussi solide sur ses jambes qu'il l'espérait. Le sol sembla se dérober sous ses pieds, et il bascula en arrière.

Izzy se précipita pour le retenir et lui éviter une nouvelle chute. Mais la manœuvre eut pour résultat de les faire tomber tous les deux sur le canapé. Izzy étendue sur lui… Zayn dut faire appel à toute sa volonté pour ne pas la serrer dans ses bras. C'était comme si sa place était là, sur lui. Son corps était tout chaud contre le sien. Et le parfum vanillé de son shampoing donnait envie d'enfouir son visage dans ses cheveux.

Lavande et vanille. Un mélange délectable et ô combien familier.

Mais très vite, beaucoup trop vite, elle se redressa, se leva et recula de plusieurs pas.

— Tu vas arrêter d'être aussi entêté ? Tu aurais pu te cogner de nouveau la tête !

— Waouh, tu parles comme si tu t'inquiétais pour moi.

Comment résister à l'envie de la taquiner à son tour ?

Elle haussa les épaules.

— Je n'aimerais pas devoir m'expliquer si mon associé tout neuf mourait sous ma garde. Trop de questions.

— Ça paraîtrait suspect, en effet. Surtout vu le sujet de notre dernière discussion.

Ils plaisantaient sur le problème qui menaçait de mettre en péril leur relation déjà compliquée. Difficile à croire, et pourtant c'était bien le cas.

— Oui, c'est bien ce que je dis. Maintenant, veux-tu bien essayer de te reposer un peu ?

— Impossible. Je ne tiens pas en place. Je n'ai pas l'habitude de rester à ne rien faire.

— Tu pourrais me regarder confectionner des cookies. Mais je vais être obligée de le faire dans la pénombre, puisque tu dois reposer tes yeux.

— Tu vas faire des cookies ?

— Des dizaines et des dizaines. J'avais prévu d'y passer la nuit, mais finalement je vais pouvoir m'y mettre cet après-midi.

— Pourquoi autant ?

— Les illuminations commencent demain. Le premier soir nous offrons toujours des cookies avec le chocolat chaud.

Il ne put s'empêcher d'émettre un grognement dédaigneux.

— Tu es toujours décidée à organiser cette soirée ? Malgré… ça.

Il pointa un doigt sur sa tête.

— Si l'électricien nous donne le feu vert, pourquoi pas ?

— Je pourrais te donner plusieurs raisons d'y renoncer.

— Tu peux rester assis dehors et saluer les gens avec moi. La tente principale est chauffée. Qui sait ? Tu pourrais peut-être même te laisser gagner par la joie de Noël.

Il s'esclaffa.

— Hautement improbable.

Elle mit les poings sur les hanches.

— Mais qu'est-ce que tu as contre Noël ? Je sais bien que ça n'a jamais été ton truc, mais là tu sembles avoir atteint un degré de rejet digne du Grinch.

— Allons, Izzy. Tu sais bien que nous ne l'avons jamais fêté comme vous le faisiez dans ta famille.

Une ombre passa dans les yeux caramel, mais ce fut très furtif. Peut-être était-ce un effet de son imagination.

— En général nous étions seuls, Myrna et moi, poursuivit-il. Et elle était beaucoup trop fatiguée à cette époque de l'année pour faire autre chose que m'offrir le cadeau qu'elle avait choisi pour moi. Ensuite elle allait se reposer, et je regardais des films de Noël sirupeux pendant douze heures d'affilée.

Izzy savait tout ça. Pourquoi fallait-il qu'elle insiste sur Noël ?

— Tu étais toujours le bienvenu chez nous pour les vacances.

— Je sais. Et les seules fêtes de Noël qui m'ont laissé de bons souvenirs sont celles que j'ai passées chez vous. Je t'en suis reconnaissant. Ainsi qu'à ton père et à ta mère. Comment vont-ils, à propos ? Je voulais justement te le demander.

Cette fois, c'était sûr. Une ombre venait de passer de nouveau dans les yeux d'Izzy. Ce n'était pas son imagination.

— Bien. Ils vont bien tous les deux.

Mieux valait ne pas insister, décida-t-il en percevant un léger tremblement dans sa voix. Elle lui tendit la main, confirmant que la conversation était terminée.

— Puisque tu n'as pas l'intention de te reposer, autant que tu viennes avec moi dans la cuisine.

Résistant à l'envie de la tirer pour qu'elle tombe de nouveau sur le canapé avec lui, il se leva.

6.

Si quelqu'un lui avait dit une semaine plus tôt que Zayn Joffman la regarderait préparer son lot annuel de cookies de Noël, assis dans sa cuisine, elle l'aurait accusé d'abuser du lait de poule. En fait, elle ferait peut-être bien d'en boire elle-même un petit verre. Ou d'essayer quelque chose de plus fort, peut-être.

Pourquoi était-elle aussi nerveuse ? Sa recette de cookies exigeait de la précision et de la concentration. Sinon la pâte devenait trop gluante, et il était impossible de la travailler. Il ne manquerait plus qu'elle soit obligée de tout recommencer. Elle n'avait pas le temps. C'était ridicule. Elle n'avait aucune raison d'être aussi stressée. Elle avait déjà concocté cette recette devant quelqu'un. Myrna lui tenait toujours compagnie dans la cuisine pendant ce rituel annuel.

D'accord, Zayn et Myrna, ce n'était pas la même chose.

Izzy jeta un coup d'œil à Zayn, assis sur un tabouret au comptoir. Le col de sa chemise blanche était ouvert, révélant un triangle de peau dorée, et une mèche rebelle tombait sur son front. Il s'était blessé à la suite d'une chute il y avait moins d'une heure. Comment réussissait-il à être aussi sexy ? Il avait relevé les manches de sa chemise, et elle ne put s'empêcher de promener les yeux sur ses avant-bras musclés. Le souvenir de la dernière fois où ces bras s'étaient refermés autour de sa taille s'imposa à son esprit.

Elle secoua la tête. Les pensées de ce genre ne risquaient pas de l'aider à retrouver son calme.

— Je peux t'aider ? demanda-t-il. Non que j'aie fait de la pâtisserie récemment.

Elle arqua un sourcil narquois.

— Ni jamais ?

— Ni jamais.

Elle prit le tablier accroché au mur près de l'évier, le mit et l'attacha dans son dos.

— Tu pourras m'aider à découper la pâte tout à l'heure. Mais la première phase, c'est moi qui dois m'en charger entièrement.

— Ça paraît sérieux.

Elle hocha la tête en prenant un air solennel.

— On ne peut pas prendre de risques avec la pâte à cookies. Sa confection exige une expertise confirmée.

— Dans ce cas, je vous promets de ne pas vous gêner, madame l'experte en pâte à cookies.

Elle pouffa.

— Merci. Mais prépare-toi à faire preuve de créativité pendant la phase de découpage.

— De toute façon, je ne peux rien faire d'autre.

Le ton de Zayn était dépité. Nul doute que rester assis dans la cuisine à la regarder préparer des cookies était pour lui une véritable punition. D'après ce qu'elle avait vu dans la presse, il était devenu très mondain. Non qu'elle recherche les nouvelles le concernant. Mais il figurait si souvent dans les pages people qu'il était impossible de le manquer.

Dans ces bras qu'elle admirait à l'instant, il avait tenu quelques-unes des femmes les plus belles du monde. Des mannequins, des actrices ou encore des stars du rock. Oui, Zayn Joffman avait parcouru du chemin depuis son départ de Napa. Riche et célèbre en raison de sa réussite professionnelle remarquable, il menait une vie de rêve.

— Où est parti vagabonder ton esprit ?

Cette question fit prendre conscience à Izzy qu'elle avait les yeux dans le vague depuis un moment.

Reprends-toi.

— Je récapitule mentalement la recette.

Elle sortit d'un placard la farine, le sucre et les autres ingrédients dont elle avait besoin. Tout en mesurant les quantités, elle observa Zayn du coin de l'œil. Il s'agitait sur son tabouret. De toute évidence, il ne tenait pas en place. Il fallait lui donner quelque chose à faire.

Comment avait-elle pu s'imaginer qu'il pourrait rester assis sans bouger ? Elle le connaissait mieux que ça.

— En fait, il y a quelque chose que tu peux faire maintenant. Rince les emporte-pièces. Ils sont dans le tiroir depuis un an.

— D'accord, acquiesça-t-il aussitôt avec un soulagement manifeste. Où sont-ils ?

Elle montra un placard, à l'autre bout de la cuisine.

— Mais prends ton temps. Tu dois rester prudent à cause de ce coup à la tête.

— Tu n'as pas vraiment besoin que je t'aide, n'est-ce pas ? Tu t'es juste souvenue que je suis intenable quand j'ai besoin de me dépenser.

— C'est vrai. Je sais que les choses peuvent déraper rapidement.

Pourquoi s'était-elle exprimée aussi maladroitement ? se demanda-t-elle aussitôt en voyant Zayn s'immobiliser, la main sur la poignée du placard. Elle n'avait pas eu l'intention de l'offenser.

— Le temps des dérapages est derrière moi, Izzy. Il faut que tu le saches.

— Zayn, ce n'est pas du tout ce que j'ai voulu dire. Les mots ont dépassé ma pensée.

— Depuis cinq ans, je n'ai même pas eu une contravention, insista-t-il en plongeant son regard dans le sien.

— Même pour excès de vitesse ? plaisanta-t-elle pour tenter de détendre l'atmosphère.

Sans succès.

— Je ne suis plus ce gamin.

Elle posa le gobelet doseur sur le comptoir en réprimant un soupir.

— Nous ne sommes plus des gamins ni l'un ni l'autre. Nous avons changé.

— Tu sais parfaitement ce que je veux dire. Je ne suis plus l'adolescent rebelle et perdu que j'étais. Toujours prêt à se battre et à transgresser les règles.

— J'en suis bien consciente.

Comment pourrait-elle ne pas l'être après tout ce qu'il avait accompli ? Sa réussite, il ne la devait qu'à lui-même. À son travail, à sa détermination, à sa volonté. Il s'était battu, mais plus comme un adolescent rebelle. Comme un adulte décidé à obtenir ce qu'il voulait.

Et ce qu'il voulait, ce n'était pas elle. Le cœur d'Izzy se serra douloureusement, mais elle s'efforça de l'ignorer.

— Toi, en revanche, tu es toujours la même, apparemment, déclara-t-il en scrutant son visage.

Aïe. C'était à son tour d'être offensée.

— Que veux-tu dire ?

— Rien de désobligeant. Tu es toujours une grande travailleuse, loyale et entourée par une famille qui t'adore.

Elle se raidit. S'il savait à quel point il se trompait au sujet de sa famille. Il s'était passé beaucoup de choses depuis son départ. Mais ce serait trop éprouvant de tout lui raconter.

Et de toute façon, ce n'était pas le moment. Alors pourquoi avait-elle tellement envie de se confier à lui ? C'était l'homme qui lui avait brisé le cœur puis l'avait quittée sans un regard en arrière. Sans même lui avoir expliqué ses raisons. Elle aurait au moins mérité une explication.

Mais avant cela, il avait été un confident précieux. Un ami. Quelqu'un vers qui elle pouvait se tourner. Une épaule sur laquelle pleurer. Tout cela lui avait terriblement manqué. Surtout cette année, quand tout s'était détérioré entre elle et son père. Elle aurait eu bien besoin d'un ami pour la soutenir.

Zayn aurait su l'écouter sans chercher à l'influencer. Il l'aurait tenue dans ses bras pour la réconforter quand elle lui aurait expliqué que la décision qu'elle avait prise était la meilleure pour tout le monde. Elle avait choisi de continuer à travailler pour Myrna au lieu de rejoindre le nouvel établissement vinicole de son père parce qu'ils étaient trop semblables tous les deux. Trop intransigeants. Ils se seraient affrontés en permanence. Elle n'avait aucun doute à ce sujet. Si elle avait rejoint l'entreprise familiale, son père et elle auraient fini par se brouiller définitivement.

Par ailleurs, il avait son frère, sa mère et de nombreux cousins pour l'aider. Alors que Myrna n'avait plus personne après le départ de Zayn.

Elle poussa un profond soupir. Jusque-là, Zayn et elle n'avaient évoqué le passé que par allusions. Mais il serait naïf de croire qu'ils pourraient continuer pendant très longtemps à esquiver le sujet.

Zayn contourna le plan de travail et passa derrière Izzy pour mettre les emporte-pièces dans l'évier. La complicité taquine qui régnait entre eux quelques instants plus tôt s'était évaporée comme la part des anges lors de l'élevage du vin en fûts de chêne.

Il ouvrit le robinet et rinça les emporte-pièces un à un. Il avait souvent pensé à ce qu'il lui dirait quand ils se reverraient. Lui présenter des excuses paraissait tout à fait inapproprié. D'autant plus qu'il l'avait pour ainsi dire déjà fait autrefois. Même s'il avait mal choisi son moment.

Il prit le torchon posé à côté de l'évier et regagna son tabouret de l'autre côté du comptoir pour essuyer les emporte-pièces. Frappé par la mine sombre d'Izzy, il tressaillit juste avant de s'asseoir.

— Que se passe-t-il ? demanda-t-elle aussitôt. Tu as mal à la tête ?

— Non. Je me sens bien.

Physiquement, en tout cas… Il devait bien y avoir un moyen de retrouver la légèreté avec laquelle ils bavardaient tout à l'heure.

— Alors, le réveillon de Noël est-il toujours aussi gargantuesque et animé chez les Veracruz ? Avec de quoi boire et manger pour tout un quartier ?

Elle répondit sans le regarder.

— Toujours. Et toi ? Quels sont tes projets pour Noël ?

Essayait-elle vraiment de changer de sujet ou bien était-ce juste une impression ? Bizarre. Elle semblait embarrassée. Pourquoi ?

— Je serai juste de retour du Salon de la gastronomie et des vins de Paris. Donc je m'offrirai sans doute quelques jours de détente chez moi.

Inutile d'entrer dans les détails. Rien ne l'obligeait à préciser que pour le réveillon il commanderait un repas pour une personne au petit restaurant situé au rez-de-chaussée de son immeuble. Ni qu'il passerait sans doute la soirée sur son canapé à travailler sur son ordinateur portable tout en regardant d'un œil un film de Noël sur l'écran géant de son home cinéma. Jusqu'à ce qu'il s'endorme.

Comme depuis toujours.

— C'est un programme alléchant.

Pas de doute, le ton d'Izzy était crispé. Ne lui disait-elle pas tout elle non plus ? Il semblait bien qu'ils avaient tous les deux leurs secrets.

Une heure plus tard, alors que la pâte était prête, ils

avaient réussi à éviter tous les sujets personnels. Izzy se lava les mains.

— Il faut laisser refroidir. On va s'occuper du glaçage.

Elle montra un sachet en plastique posé devant eux.

— Passe-moi le sucre glace, s'il te plaît.

Zayn fit glisser le sachet sur le plan de travail. Sans avoir conscience que celui-ci était ouvert. Un nuage blanc s'en échappa

— Hé !

Izzy posa une main sur sa bouche. À travers le nuage de poudre, elle avait l'air d'une vision sortie d'un rêve. Elle éternua. Et éternua encore deux fois.

Il ne put s'empêcher de pouffer.

— Oh ! tu trouves ça drôle ?

Il fut alerté par la note malicieuse dans la voix d'Izzy. Mais il ne fut pas assez rapide. Elle plongea la main dans le sachet et lança une poignée de sucre dans sa direction. Puis elle éclata de rire.

Il en avait plein le visage, et mieux valait ne pas imaginer l'état de ses cheveux… Arborant un air très digne, il se brossa ostensiblement l'épaule du bout des doigts. Ce qui ne servit qu'à soulever un nouveau nuage blanc. Izzy s'étrangla de rire.

— Tu ne t'imagines tout de même pas que tu vas t'en tirer comme ça ?

Elle voulut s'échapper, mais pour sortir de la cuisine elle était obligée de passer devant lui. La saisissant par le bras alors qu'elle faisait le tour du comptoir, il plongea l'autre main dans le sachet et lança une poignée de sucre en l'air. Une seconde plus tard, ils ressemblaient à des fantômes tout droit sortis d'un des premiers films en noir et blanc inspirés d'*Un chant de Noël* de Dickens.

Il ne la lâcha pas pour autant. Ses bras se refermèrent d'eux-mêmes autour d'elle, et il l'attira contre lui, savourant le contact de son dos contre son torse. Il huma le parfum de ses cheveux additionné de sucre. Oh ! comme il était tentant de lécher sa nuque du bout de la langue… Il dut faire un effort surhumain pour se refréner.

Ils ne riaient plus ni l'un ni l'autre. Dans une atmosphère soudain chargée d'électricité, ils restèrent immobiles un moment. Puis Izzy finit par se dégager de ses bras. S'écartant de lui, elle se retourna pour lui faire face.

Comme elle était belle… Belle à croquer. Belle à embrasser. Il crispa les poings pour s'empêcher de l'attirer de nouveau contre lui.

Lorsque le nuage de poudre fut enfin retombé, ils regardèrent autour d'eux. Toute la cuisine était nappée de blanc. Comme si une bombe de sucre avait éclaté en plein milieu.

— Quelle pagaille…

Izzy hocha la tête en soupirant.

— Il va falloir un temps fou pour tout nettoyer.

— Nous ferions mieux de nous y mettre tout de suite, suggéra-t-il.

Pendant qu'elle allait chercher l'aspirateur, il tenta d'oublier la chaleur de son corps contre le sien. En vain. Le souvenir de cette sensation persista pendant tout le temps qu'ils passèrent à nettoyer le désordre qu'ils avaient pris tant de plaisir à semer ensemble.

Que s'était-il passé à l'instant ?

Le cœur d'Izzy battait à tout rompre, et son corps était en feu. Elle préparait les cookies de Noël tout en veillant sur Zayn, comme l'avait prescrit Ethan. Comment s'était-elle retrouvée dans les bras de Zayn ? Elle sentait encore son torse puissant contre son dos, son souffle sur sa nuque… Oh ! comme elle avait été tentée de tourner la tête ! Leurs lèvres se seraient rencontrées… Et ensuite, qui savait jusqu'où cela les aurait menés ? À cette pensée, elle fut parcourue d'un long frisson.

Sa vie était déjà assez compliquée comme ça en ce moment. La dernière chose dont elle avait besoin, c'était de retomber dans les bras de l'ex qui lui avait brisé le cœur ! Son attirance pour lui s'était réveillée beaucoup trop facilement. Et c'était réciproque. Il n'y avait aucun doute à ce sujet. Il n'était arrivé que ce matin, et elle s'était déjà retrouvée dans ses bras non pas une fois mais deux !

Terminé. Il était hors de question que ça se reproduise. Son cœur n'y résisterait pas.

— Hum, nous devrions peut-être aller nous nettoyer, dit-elle en évitant le regard de Zayn.

Si elle voyait dans ses yeux un désir aussi intense que le sien, elle serait de nouveau tentée. Quelle idiote…

— Je crois que j'aurais bien besoin d'une douche, répliqua-t-il.

Une douche ? Elle était censée garder un œil sur lui en permanence. Pouvait-elle le laisser seul le temps de prendre une douche ? Et s'il avait un vertige ? Ou s'il perdait l'équilibre ?

— Je ne sais pas si tu peux prendre une douche tout seul, Zayn.

Elle se maudit aussitôt. Allons bon, elle n'aurait pas dû dire ça comme ça…

Un sourire étira les lèvres de Zayn.

— Oh ! es-tu en train de suggérer que nous la prenions ensemble ?

Elle déglutit péniblement. Tous les deux enlacés sous un jet d'eau chaude… Elle chassa cette image de son esprit.

— Ce n'est pas ce que j'ai voulu dire, et tu le sais parfaitement.

— Dommage. Ça aurait permis d'économiser de l'eau.

— Je te félicite pour ta soudaine prise de conscience environnementale. Et ta tête ? Quel est le protocole exact de gestion des commotions cérébrales en ce qui concerne les douches ?

Zayn haussa les épaules.

— Aucune idée.

— Il vaudrait mieux ne pas prendre de risques.

Il indiqua son torse.

— Je ne peux pas rester couvert de sucre glace.

— Je le sais !

— Eh bien, je suis à court d'idées.

Elle réprima un gémissement. Il n'y avait qu'une seule solution. Et ça allait être une véritable torture.

— Je resterai devant la porte pendant que tu te doucheras.

Cette fois, le sourire de Zayn fut carnassier.

— C'est vrai ? Tu veux superviser ?

— Arrête, Zayn. Ce n'est pas drôle. J'essaye juste d'adopter une conduite responsable.

Elle aurait dû demander à Ethan des instructions plus précises.

— Désolé. Entre le coup que j'ai reçu et les analgésiques, je dis sans doute des choses que je ne devrais pas dire.

— Je n'ai pas envie que tu te blesses de nouveau.

Il croisa les bras.

— On pourrait croire que tu t'inquiètes pour moi.

— On se tromperait. C'est juste que je ne veux pas avoir de sang sur les mains.

— Parce que tu tiens à moi ?

— Disons juste que, si tu avais un nouvel accident, ça gâcherait la soirée d'inauguration des illuminations.

Il tendit la main pour lui caresser le nez du bout du doigt, puis il lécha le sucre resté accroché à ce dernier.

— Si tu le dis, Iz.

Troublée par son geste, elle fut parcourue d'un long frisson. Et elle n'eut pas le courage de protester contre cette nouvelle utilisation de son diminutif.

— Allons-y. Plus vite tu auras pris ta douche, plus vite je pourrai en prendre une à mon tour.

— Je me répète, mais c'est vraiment dommage que tu ne sois pas partante pour que nous la prenions ensemble.

Mieux valait ignorer cette remarque, décida-t-elle en le prenant par le coude pour le guider jusqu'au premier étage. Lorsque Zayn eut disparu dans la salle de bains, elle s'assit sur son lit en se maudissant. Pourquoi n'avait-elle pas pensé à prendre un livre ou un magazine pour distraire son attention ? Elle ne pouvait pas s'empêcher d'imaginer Zayn derrière la porte. Entièrement nu.

Avec un soupir rageur, elle bondit sur ses pieds et se mit à arpenter la chambre. Il n'avait pas apporté grand-chose. Son ordinateur portable était ouvert sur le bureau ancien en chêne. Plusieurs dossiers étaient éparpillés sur le lit. Et il n'avait pas encore défait sa valise.

De toute évidence, il n'avait pas prévu de s'attarder. En fait, il serait sans doute déjà reparti si elle avait accepté sa proposition et signé les documents qu'il avait déjà sans aucun doute préparés.

Cette pensée lui fit l'effet d'une douche froide. Elle avait failli oublier la raison de sa visite ! Quelle idiote ! S'il était là, ce n'était pas pour rire avec elle, ni la prendre dans ses bras après une bataille de sucre glace. Il était venu pour conclure une affaire. Et pour la mettre à la porte du domaine qui était toute sa vie. Son lieu de travail et son domicile.

Le seul endroit qu'elle considérait comme son toit aujourd'hui.

Le téléphone de Zayn se mit à sonner sur le bureau. Elle jeta un coup d'œil à l'écran. Et ouvrit de grands yeux à la vue du nom qui s'affichait. Belle Clara.

Elle crispa les poings. Qui aurait cru que Zayn était devenu le genre d'hommes à entrer des surnoms affectueux dans la liste de contacts de son portable ? Mais il est vrai qu'elle ne connaissait pas réellement ce nouveau Zayn. Elle n'avait peut-être même jamais vraiment connu Zayn.

Le bruit de la douche cessa, et elle s'écarta vivement

du bureau, comme si elle était surprise en flagrant délit d'indiscrétion. Une minute plus tard, le téléphone émit un signal sonore. « Belle Clara » avait dû laisser un long message entrecoupé de baisers sonores pour dire à Zayn qu'il lui manquait et qu'elle avait hâte qu'il rentre.

Le lendemain matin, une bonne odeur de vanille et de cannelle sortit doucement Zayn du sommeil. Il roula sur le dos et ouvrit lentement les paupières. Le mal de tête était toujours là mais un peu atténué. Pour éviter de l'aviver, il se redressa dans le lit avec précaution.

Un subtil arôme de café se mêlait aux autres senteurs. Izzy avait dû faire son mélange hawaïen habituel et commencer la cuisson des cookies. Peut-être avait-elle cuisiné toute la nuit. À sa grande déception, en sortant de la salle de bains hier soir après avoir pris sa douche, il avait trouvé sa chambre vide.

Après avoir attendu un moment dans l'espoir qu'elle reviendrait, il avait fini par s'endormir. Il jeta un coup d'œil au réveil posé sur la table de chevet. 8 heures. Il y avait une éternité qu'il n'avait pas dormi aussi tard. Ni aussi profondément. Peut-être était-ce l'effet du coup sur la tête. Il enfila un T-shirt et le pantalon de jogging qu'il avait apporté, puis il descendit au rez-de-chaussée.

Il s'immobilisa sur le seuil de la cuisine. Izzy avait attaché ses cheveux en queue-de-cheval, et un bandeau retenait les éventuelles mèches folles. Elle portait elle aussi un pantalon de jogging, dont elle avait roulé les jambes jusqu'en dessous des genoux. Elle avait aux pieds les chaussettes les plus épaisses qu'il avait jamais vues. Sa tenue était complétée par un débardeur moulant qui mettait ses formes féminines en valeur.

Comment une femme attifée de cette manière pouvait-elle être aussi sexy ?

Déglutissant péniblement, il pénétra dans la pièce en s'efforçant de ne pas la dévorer des yeux. Ce qui n'était pas simple.

— Tu es réveillé, dit-elle.

Au même instant, un minuteur sonna bruyamment derrière elle. Elle enfila un énorme gant de cuisine et sortit du four une plaque de cookies. D'autres plaques sur lesquelles refroidissaient des cookies étaient posées un peu partout.

— Oui, répliqua-t-il. Et apparemment, tu es toi-même réveillée depuis un bon moment.

Elle hocha la tête.

— Je voulais commencer tôt.

Elle indiqua la machine à café sur le plan de travail.

— Je viens de refaire une cafetière. Sers-toi. Les mugs sont à leur place habituelle.

Il prit une grande tasse et se servit généreusement.

— Depuis quand es-tu debout ?

— Depuis l'aube. Je n'avais pas de temps à perdre. Nous n'avons pas fait le glaçage, hier.

Il faillit pouffer. Puis il fut assailli par une bouffée de désir au souvenir de la façon dont s'était terminée la bataille de sucre glace. La douche qu'il avait prise hier soir en sachant qu'elle se trouvait derrière la porte avait été une des expériences les plus éprouvantes de sa vie.

— Désolé, je n'ai pas été d'une grande utilité.

— Ne t'inquiète pas pour ça. Comment te sens-tu ? demanda-t-elle en détachant un morceau de pâte de la grosse boule qui se trouvait dans une grande jatte devant elle.

— Bien. J'ai eu une nounou qui s'est bien occupée de moi. Je te revaudrai ça.

Elle haussa les épaules.

— Après la journée que tu avais passée, je me suis dit que ce dont tu avais le plus besoin c'était une bonne nuit de sommeil. Mais je suis quand même passée voir deux ou trois fois si tout allait bien. Tu dormais profondément.

Il l'étudia avec attention. Elle était différente, ce matin. Distante. Pleinement concentrée sur sa tâche. Il avait l'impression d'être un intrus qui la distrayait inutilement.

— Je vois. Merci.

Il réprima une moue de dérision. S'il était honnête, il lui dirait qu'après la journée qu'il avait passée il aurait préféré avoir de la compagnie. Sa compagnie.

Peut-être aurait-il dû le lui avouer hier soir. Il aurait pu utiliser sa blessure comme prétexte. Il avait eu l'occasion de lui demander de rester avec lui. Juste pour bavarder un moment. Parler de ce qu'ils étaient devenus l'un et l'autre pendant toutes ces années. Cette occasion, il l'avait manquée.

Et elle ne se représenterait peut-être jamais.

7.

Ce soir elle avait envie d'oublier tous ses problèmes. Toutes ses inquiétudes concernant l'avenir de Stackhouse. Elle voulait juste passer une bonne soirée. Même si cette année, cet événement joyeux qui ouvrait la période des fêtes était teinté de tristesse en l'absence de Myrna. Cependant, elle savait que sa guide et amie serait présente en esprit. Et elle voulait croire qu'elle serait impressionnée. Elle s'était donné beaucoup de mal pour que tout se passe bien.

Demain matin elle retrouverait toutes les questions qui la hantaient à propos de Stackhouse et de ses relations familiales désastreuses. Ce soir elle voulait juste savourer le résultat de son travail.

Entre la cuisine, le ménage et la mise en place pour la soirée, la journée avait été bien remplie, mais ces activités lui avaient laissé le temps de réfléchir et de se ressaisir. Zayn n'était venu que pour quelques jours. Il ne faisait plus partie de sa vie. Une fois qu'ils seraient parvenus à un accord au sujet de Stackhouse, elle n'aurait sans doute de ses nouvelles que très épisodiquement. Il fallait tourner la page et aller de l'avant, comme il l'avait visiblement fait avec Belle Clara.

Peut-être ne prendrait-il même pas la peine de sortir de la

maison pour participer à la fête. Après tout, il n'approuvait pas le concept. Et il avait sans doute toujours mal à la tête.

— Mais c'est ma belle et talentueuse sœur que je vois là !

Le cœur d'Izzy se gonfla de joie, et elle se retourna avec un large sourire.

— Hé, Hector ! Tu es de retour.

Son frère la serra très fort dans ses bras, comme il en avait pris l'habitude depuis quelque temps. Il s'efforçait de la réconforter, et elle lui en était reconnaissante. Malgré tout, la situation était embarrassante. Le pauvre Hector était mêlé sans le vouloir à la brouille entre son père et elle. Son père l'aimait, elle le savait. Il avait juste une manière étrange de le montrer.

— Je suis arrivé cet après-midi. J'ai pris l'avion plus tôt que prévu pour ne pas rater tout ça, dit-il en promenant autour de lui un regard appréciateur. Beau travail.

Il déposa un baiser affectueux sur sa joue.

— Je vais me préparer une assiette. Je meurs de faim.

Elle pouffa. Hector mourait de faim en permanence. Vu qu'il mesurait un peu plus d'un mètre quatre-vingts et qu'il était sec comme un échalas, elle s'était toujours demandé où il mettait tout ce qu'il avalait. Alors que pour sa part elle avait une nette tendance à stocker les calories au niveau des hanches. De toute évidence, ils avaient hérité de leurs parents des gènes différents.

— Sers-toi. On se verra tout à l'heure.

Tandis que son frère s'éloignait, elle parcourut du regard la foule qui grossissait rapidement. Tous les habitués étaient déjà là. M. Reyes, sa femme et deux de leurs petits-enfants se trouvaient sous la plus petite des deux tentes de réception. Ethan et Paula bavardaient du côté des vignes. Sans doute échangeaient-ils des banalités. L'un des deux allait-il bientôt oser faire le premier pas ? Leur attirance mutuelle ne faisait aucun doute, mais ils étaient aussi timides l'un que l'autre.

Aucun signe de Zayn. Qu'elle ne cherchait pas particulièrement, de toute façon.

Alors pourquoi cette immense déception qui lui serrait le cœur ? Elle était vraiment stupide. Il n'y avait aucune raison de penser que Zayn assisterait à la fête.

Il y avait certainement des façons plus désagréables de passer la soirée. Zayn se surprenait à apprécier l'atmosphère de fête qui régnait dans le domaine. Izzy avait sans doute raison. Il ressemblait peut-être au Grinch. À sa décharge, il pensait avant tout à la rentabilité de Stackhouse. Et il ne voyait pas en quoi ce genre d'événement pouvait contribuer à l'améliorer. Cependant, il commençait à comprendre pourquoi Myrna et Izzy aimaient tellement cette tradition.

Les haut-parleurs disséminés un peu partout diffusaient des chants de Noël pleins d'entrain. Une montagne de cookies trônait sur une grande table chargée d'autres friandises et de canapés. Le vin était servi généreusement, et plusieurs grosses thermos de chocolat chaud avaient été prévues pour les mineurs.

Il fallait reconnaître que c'était impressionnant. Izzy avait tout organisé quasiment seule. Mais cela ne le surprenait pas. Elle avait toujours été un modèle d'efficacité et de compétence. Et elle réussissait à tout faire avec grâce et élégance.

Elle se dirigeait vers lui, vêtue d'une robe portefeuille rouge et verte, et coiffée d'un bonnet de Père Noël. Des bottes rouges à lacets ornés de pompons complétaient sa tenue. C'était une Mme Noël ravissante et sexy. Le Père Noël avait beaucoup de chance.

— Je suis heureuse que tu aies décidé de te joindre à nous, dit-elle en souriant.

— Je ne suis pas resté insensible à la gaieté ambiante, finalement.

C'était partiellement vrai. En réalité il avait travaillé toute la journée en se surprenant à compter les minutes jusqu'à ce qu'il ait un prétexte pour sortir et la retrouver.

— C'est un miracle de Noël, commenta-t-elle d'un ton taquin en lui donnant un petit coup d'épaule.

La bonne humeur et la complicité de la veille au soir étaient de retour, et il s'en réjouissait. Même si c'était sans doute dû avant tout au fait qu'Izzy était dans son élément ce soir. Elle s'était donné beaucoup de mal pour préparer cette soirée, et c'était une réussite. Il y avait déjà eu de nombreux visiteurs alors qu'il était encore tôt. Comment parvenait-elle à rester aussi pimpante et pleine d'énergie après avoir travaillé toute la journée ? Ça forçait l'admiration.

— Tu es bien silencieux, dit-elle en souriant. À quoi penses-tu ?

— Je trouve que tu es toi-même un miracle.

Elle écarquilla les yeux, visiblement surprise.

— Oh !

Il n'avait pas l'intention de dire ça. Elle l'avait pris au dépourvu. Décidément… Hier il avait plaisanté au sujet de la douche qu'ils pourraient prendre ensemble – il devrait d'ailleurs sans doute lui présenter des excuses. Et voilà qu'à présent il lui faisait un compliment sans réfléchir. Comme s'ils étaient de nouveau un couple.

— Je voulais juste dire que tu as accompli un travail incroyable, répliqua-t-il d'un ton qu'il espérait léger. Je suis très impressionné.

Elle arqua les sourcils.

— Alors que tu n'es pas d'accord avec le principe ?

Il réprima un grognement de frustration.

— Ne parlons pas de ça maintenant. Accepte juste le compliment, d'accord ?

— D'accord, acquiesça-t-elle en esquissant une révérence. Merci. Pour le compliment.

— Je t'en prie. J'aurais pu descendre et t'aider. Il suffisait de le demander.

À vrai dire, il était un peu blessé qu'elle ne l'ait pas fait.

— Je maîtrisais la situation. De toute façon, tu n'apprécies pas trop de recevoir des ordres.

— J'ai toujours eu des problèmes avec l'autorité, n'est-ce pas ? Comme en attestent les registres du shérif du coin.

Il était en proie à une telle colère à l'époque… Il était plein de ressentiment. C'était pour cette raison qu'il avait accepté de quitter la région avant de se détruire lui-même et de détruire tous les gens de son entourage. Y compris sa grand-tante. Et Izzy.

— Si ces policiers te voyaient aujourd'hui. Un *self-made man* à la brillante carrière internationale.

Ces paroles lui firent un immense plaisir. Pour un peu il en rougirait…

— Ils trouveraient sans doute une excuse pour m'arrêter de nouveau. Zayn le voyou de retour en ville, rétorqua-t-il en pouffant.

— Il faut reconnaître que tu leur donnais de bonnes raisons de le faire à l'époque.

— Oui. Heureusement que tout ça est derrière moi. Aujourd'hui il n'y aurait personne pour me sortir d'affaire.

Sa tante y avait renoncé après la quatrième ou cinquième arrestation.

— Vraiment ? Il n'y a personne ?

Izzy semblait poser la question sérieusement. Curieux. N'étaient-ils pas en train de plaisanter ? Pourquoi ce regard scrutateur ? Elle semblait attendre sa réponse avec… anxiété. Elle devait bien savoir qu'il n'avait pas l'intention de faire quoi que ce soit qui pourrait lui valoir d'être arrêté. Il y avait très longtemps que ça ne lui était plus arrivé.

— Il doit bien y avoir quelqu'un.

Il haussa les épaules. Puisqu'elle y tenait…

— Clara, je suppose. C'est mon assistante.

Izzy ouvrit de grands yeux.

— Tu es en couple avec ton assistante ?

Il faillit avaler de travers la gorgée de vin qu'il venait de boire.

— Quoi ? Mon Dieu, non. D'où te vient cette idée ?

Elle détourna les yeux.

— C'était juste une supposition.

— Tu ne pouvais pas trouver plus invraisemblable. Mais dis-moi, Izzy, essayerais-tu de savoir s'il y a quelqu'un dans ma vie ?

— Quoi ? Non ! Bien sûr que non !

Bien sûr... Il fallait reconnaître qu'il trouvait cette curiosité très réjouissante.

— Il m'arrive d'avoir des petites amies.

Comme il était facile de le savoir en jetant un coup d'œil aux réseaux sociaux ou aux sites people…

— Mais c'est très occasionnel. Jamais rien de sérieux. Et je ne fréquente en aucun cas mes employées.

Rien que de penser aux complications potentielles, il en avait la chair de poule…

— Clara Belle est ma très précieuse assistante.

Heureuse grand-mère de cinq petits-enfants et malheureusement pour lui bientôt à la retraite…

— Je vois. J'ai juste cru…

Izzy s'interrompit brusquement.

— Qu'as-tu dit ? Elle est belle ?

— C'est son nom. Clara Belle. D'origine française, je crois.

Pourquoi Izzy riait-elle aux larmes ? Trouvait-elle ce nom particulièrement drôle ? Par moments, il avait beaucoup de mal à comprendre les femmes. Et celle-ci en particulier. Mais puisqu'elle avait voulu jouer à ce petit jeu, à son tour de répondre à ses questions.

— Et toi ? demanda-t-il quand elle finit par se remettre de son fou rire.

— Moi ?

Il hocha la tête.

— Il doit y avoir quelqu'un dans ta vie.

Il jeta un coup d'œil vers les vignes. Ethan discutait avec la chef de produit de Stackhouse, Paula. La blonde à la queue-de-cheval.

— Dr Ethan semblait ravi de t'aider à installer les illuminations.

Izzy eut un petit rire moqueur.

— Crois-moi, ce n'était pas pour mes beaux yeux.

— Vraiment ?

— Vraiment.

Elle indiqua Ethan d'un signe de tête.

— Il le fait avant tout par gentillesse. Mais aussi pour avoir l'occasion de voir Paula. Ces deux-là craquent complètement l'un pour l'autre, et depuis des années. Mais aucun des deux ne se décide à faire le premier pas. Qui sait pourquoi ?

Zayn eut un élan de sympathie inattendu pour le séduisant médecin qui l'horripilait quelques secondes plus tôt. Pauvre vieux, il compatissait avec lui. Il lui offrirait volontiers un verre un de ces jours.

Fuyant son regard, elle ajouta :

— Il n'y a personne dans ma vie. Certainement pas Ethan.

Le soupir de soulagement qui échappa à Zayn fut audible. Izzy l'avait-elle entendu ? Elle ne fit aucun commentaire.

Plusieurs arrivants saluèrent Izzy, mettant fin à la conversation. Il l'observa tandis qu'elle les accueillait avec chaleur. Elle était vraiment fantastique. Et elle lui avait manqué. Il fallait bien l'admettre. Était-ce par jalousie qu'elle lui avait posé ces questions sur Clara ? C'était en tout cas l'impression qu'elle lui avait donné. Zayn but une gorgée de vin, un sourire ravi aux lèvres.

Deux heures plus tard, alors que la fête battait son plein, Izzy sentait le regard de Zayn sur elle. Il ne l'avait quasiment pas quittée des yeux de toute la soirée… Parce qu'elle s'était ridiculisée tout à l'heure avec ses suppositions stupides ? C'était d'autant plus embarrassant que la vie privée de Zayn Joffman ne la regardait pas.

Toutes les décorations lumineuses s'étaient allumées sans le moindre incident, le patient électricien d'Ethan s'étant révélé très efficace. Par ailleurs il faisait un temps idéal et la soirée était un véritable succès. Tout se passait très bien. Alors pourquoi avait-elle l'estomac aussi noué ? À chaque fois qu'elle rencontrait le regard de Zayn, son anxiété montait d'un cran. En principe, c'était l'heure où elle devrait commencer à se détendre. Au lieu de ça, elle était aussi nerveuse qu'une adolescente au bal de l'école.

Ressaisis-toi. Tu es adulte et chef d'entreprise.

Au même instant, elle vit Zayn venir dans sa direction, et son cœur se mit à tambouriner dans sa poitrine.

— Et voilà, tu l'as fait, dit-il d'un air grave.

Elle arqua les sourcils, interloquée.

— Fait quoi ?

— Tu t'es mise juste sous le gui.

Elle leva les yeux. Il avait raison. Juste au-dessus de sa tête, une boule de gui était suspendue à l'armature de la grande tente. Qui l'avait mise là ? Elle n'en avait aucune idée. Elle reporta son attention sur Zayn, et son cœur fit un bond dans sa poitrine. Ses yeux étaient fixés sur ses lèvres, et son visage s'inclinait lentement vers le sien. Il allait l'embrasser. Oh oui… Elle en mourait d'envie.

Mais c'était insensé. Il ne fallait pas. Elle ne pouvait pas en avoir envie ! C'était l'homme qui lui avait brisé le cœur. Qui n'avait pas répondu à ses messages quand elle lui avait demandé pourquoi il était parti sans une explication. S'il était de retour aujourd'hui c'était uniquement pour la chasser de Stackhouse. Il repartirait dans quelques jours.

Comment pouvait-elle être assez stupide pour avoir envie de l'embrasser au point d'oublier tout ça ? Elle déglutit péniblement.

— Je ne sais pas qui l'a mis là. Il ne fait pas partie des décorations.

— Pour moi, c'est une chance qu'il soit là, murmura Zayn en glissant un bras autour de sa taille.

Lorsque ses lèvres se posèrent sur les siennes, tous ses doutes s'évanouirent. La foule autour d'eux n'existait plus. Plus rien d'autre ne comptait que le goût retrouvé de sa bouche. C'était comme un grand saut en arrière dans le temps. Comme si elle était redevenue la jeune femme qu'elle était des années plus tôt. Éblouie et heureuse dans les bras du seul homme dont elle était tombée amoureuse. Le seul qu'elle avait jamais aimé.

Cet instant magique fut beaucoup trop bref. Lorsque la bouche de Zayn quitta la sienne, la frustration faillit lui arracher un gémissement.

— Il va falloir trouver d'où vient ce gui, murmura-t-il à son oreille. Afin que je puisse remercier les responsables.

Avant d'avoir le temps de trouver une réponse, elle entendit la voix de son frère derrière elle.

— Zayn ? C'est toi, mon vieux ?

Hector n'avait pas vu ce qui venait de se passer, comprit-elle avec soulagement. Les deux hommes se serrèrent la main avec vigueur, puis échangèrent des bourrades amicales. L'espace d'un instant, elle ne put s'empêcher d'en vouloir à son frère. Mais elle se reprit aussitôt. Pourquoi avait-elle toujours considéré comme déloyal de la part de Hector de continuer à considérer Zayn comme un ami ? Ils étaient très liés depuis le collège et ils avaient fait partie de la même équipe de base-ball. Elle n'avait aucune raison d'en vouloir à Hector. Et encore moins aujourd'hui, juste après avoir embrassé Zayn. Mais elle était déstabilisée. Ses sentiments pour son ex étaient loin d'être simples. Et ce baiser échangé au milieu de la foule ne risquait pas d'arranger les choses.

— J'ai entendu dire que tu étais de retour, dit Hector.

— Pas pour longtemps, répliqua Zayn. Je suis ici pour affaires.

Il la regarda d'un air entendu, et elle sentit son cœur se serrer. Pourquoi avait-elle tendance à oublier l'unique raison de sa visite ?

— Laisse-moi te dire que tu aurais pu tomber plus mal question associée, commenta Hector. Je parie qu'elle ne t'en a même pas parlé.

Son frère se tourna vers elle.

— Tu lui as dit, Izzy ? Pour le prix ?

Elle inspira profondément. Il était inutile de parler de ça à Zayn.

— Non, elle ne m'a parlé d'aucun prix, répondit Zayn à sa place.

Puis il la regarda d'un air interrogateur.

— Tu m'en parlerais maintenant ?

— Ce n'est vraiment pas la peine.

— Bien sûr que si, insista Hector. Un de ses cabernets de l'année dernière est sélectionné pour la *World Vintner Competition*.

— Vraiment ?

— Il n'y a pas de quoi en faire toute une histoire. Un restaurateur français qui a participé à une de nos dégustations l'a proposé pour la sélection à son retour à Paris. Je serais très étonnée qu'il gagne la médaille.

— Tu n'en sais rien, objecta Hector. Elle n'a même pas prévu d'aller à la cérémonie. Tu imagines ?

Zayn arqua les sourcils.

— Pourquoi ?

Elle haussa les épaules.

— Je n'ai pas vraiment eu le temps d'y penser. Il s'est

passé beaucoup de choses entre la saison touristique, les vendanges et…

La voix d'Izzy s'éteignit. Inutile de dire tout haut ce que tout le monde savait. La disparition de Myrna avait été un choc terrible. La dernière chose qu'elle avait eue à l'esprit, c'était la remise d'un prix prétentieux que tout le monde aurait oublié dans un an.

Cependant, son frère avait d'autres idées sur le sujet. Des idées qu'elle n'avait pas l'intention d'évoquer en présence de Zayn.

8.

Zayn avait du mal à suivre la conversation. Il se sentait un peu étourdi, et ça n'avait rien à voir avec les deux verres de vin qu'il avait bus. Non, le problème, c'était ce qui venait de se passer entre Izzy et lui. Ce baiser lui avait fait un effet auquel il n'était pas préparé. Et il n'avait qu'une seule envie. L'embrasser encore. Malgré tout ce qui s'était passé entre eux, malgré toutes les erreurs qu'il avait pu commettre autrefois, leur attirance mutuelle était toujours aussi vive. Parce qu'elle avait été aussi troublée que lui par ce baiser. Il le savait.

Si Hector n'était pas arrivé, il aurait succombé à la tentation de savourer de nouveau sa bouche. À présent, le frère et la sœur discutaient d'un concours pour lequel Izzy avait été sélectionnée. Il en avait entendu parler, bien sûr. Le magazine qui l'organisait était prestigieux. Elle n'était pas impressionnée par cet honneur, mais elle avait tort.

— Voyons, Izzy, disait Hector. Tu sais bien que ça pourrait être un moyen de reprendre contact avec lui.

Qui était ce « lui » ? Un acheteur important ? Un influenceur ? À la façon dont Hector en parlait, il ne semblait pas s'agir d'un ex-petit ami d'Izzy. Mais peut-être prenait-il simplement ses désirs pour des réalités. En tout cas, c'était un mystère de plus.

— Tu sais bien l'importance qu'il accorde à ce genre de choses, poursuivit Hector.

Izzy posa la main sur son bras.

— J'apprécie ce que tu essayes de faire, Hector. Et je t'en suis très reconnaissante. Vraiment. Mais je n'ai pas envie de parler de ça maintenant. Je veux juste passer une bonne fin de soirée et me servir mon premier verre de vin. Le moment est enfin arrivé où je peux me détendre un peu.

Hector sembla sur le point d'insister, puis il se ravisa.

— D'accord. Mais cette conversation n'est pas terminée. Nous en restons juste là pour ce soir parce que tu as mérité de te détendre un peu. Je vais te chercher ton verre de vin.

— Merci, répondit Izzy en tapotant affectueusement l'épaule de son frère.

Tandis que Hector s'éloignait, elle darda son regard sur Zayn.

— Ne me pose pas de questions, s'il te plaît.

— Je me sens obligé de le faire, au contraire. J'ai bien entendu ? Tu es sélectionnée dans la catégorie cabernet pour la *World Vintner Competition* ? *World Vintner* est un magazine réputé, et ses médailles sont des références prestigieuses.

Comment avait-il pu passer à côté de cette information ? En revanche, il savait que la cérémonie devait se dérouler pendant le Salon de la gastronomie et des vins de Paris, où il se rendait prochainement.

— Il n'y a pas de quoi en faire tout un plat. J'ai été nominée pour une médaille qui ne m'intéresse pas.

— Pourquoi ?

— Parce que ce n'est pas important.

— Je pense que c'est très important, au contraire. Et Hector aussi, visiblement.

— Oui, eh bien, moi, je ne suis pas convaincue.

— De qui parlait Hector, à l'instant ?

Il y eut un silence. Si long qu'il crut qu'elle ne répondrait pas. Mais elle finit quand même par le faire.

— Mon père. Nous sommes brouillés. Hector pense que ma sélection pourrait nous sortir de l'impasse.

— Quel genre d'impasse ?

— Mon père ne me parle plus depuis treize mois. Il ne répond pas quand je lui téléphone et il s'esquive quand je vais à la maison, répondit Izzy d'une voix tremblante.

Zayn était au comble de la perplexité. Ça ne ressemblait pas à Ernesto Veracruz, le père si inquiet pour sa fille qu'il lui avait demandé de quitter la ville.

— Pourquoi ne veut-il pas…

Il s'interrompit. Treize mois. C'était à cette époque que la famille d'Izzy avait ouvert son propre établissement vinicole. Tante Myrna lui avait dit qu'Ernesto n'était pas heureux qu'Izzy soit restée à Stackhouse au lieu de rejoindre l'entreprise familiale. Il ne se doutait pas que cette décision avait provoqué une telle dispute. Ernesto avait toujours été très fier de sa fille et de son travail. Et à présent ils ne se parlaient plus ? C'était difficile à croire.

— Je suis désolé, Izzy. Je suis sûr qu'il finira par se réconcilier avec toi, dit-il avec sincérité.

Il connaissait suffisamment Izzy et son père pour être persuadé que cette brouille était temporaire. Cependant, cette situation devait être particulièrement douloureuse pour Izzy. Sa famille avait toujours été très unie. Il en avait été témoin lors des nombreux dîners auxquels il avait été invité chez les Veracruz au fil des ans. Il aimerait pouvoir la réconforter.

— Il ne comprend pas pourquoi j'ai choisi de rester à Stackhouse, dit-elle d'une voix toujours aussi mal assurée. J'ai essayé de lui expliquer que Myrna avait davantage besoin de moi. Elle n'avait personne pour la seconder alors qu'à son âge elle n'avait plus la même énergie qu'avant. Il n'y avait pas longtemps que Paula avait été engagée. Il est buté.

Son père pensait sans doute la même chose d'elle, mais mieux valait éviter de le faire remarquer, décida-t-il.

— Je suis d'accord avec ton frère. Je pense que tu devrais aller à Paris. Pas pour Ernesto mais pour toi.

Elle poussa un profond soupir.

— C'est impossible. Je ne peux pas tout laisser tomber ici pour aller à Paris.

— Pourquoi pas ? Hector t'a proposé son aide pour le nettoyage et l'entretien. Et tu as dit toi-même que la mise en fûts ne prendrait plus qu'un jour ou deux.

— C'est juste impossible, Zayn. Je n'ai rien organisé. La cérémonie a lieu dans trois jours et je n'ai rien réservé. Ni l'hôtel ni l'avion.

— Rien d'insoluble. En fait, je peux m'en occuper.

Elle émit un rire moqueur.

— Tu as l'intention de te reconvertir en agent immobilier ?

Non, mais une idée venait de germer dans son esprit… Absurde. Ou parfaitement logique. En tout cas, il avait des arguments solides. Ils étaient associés, copropriétaires d'un établissement vinicole, et elle avait été sélectionnée pour un concours pour un cabernet de cet établissement. Tout cela n'avait rien à voir avec ce baiser.

— Viens avec moi à Paris, Izzy.

Elle écarquilla les yeux.

— Pardon ? Non, Zayn.

— Pourquoi pas ? Nous pourrions aller au salon ensemble et assister au concours. Par ailleurs, ce serait l'occasion d'étudier de près les dernières tendances du marché.

— Je ne…

— Réfléchis. Nous pourrions aussi en profiter pour jouer les touristes.

Elle se mordit la lèvre inférieure.

— Je m'en tiens à ma première réponse, Zayn. Non.

Il aurait peut-être mieux fait d'attendre qu'elle ait bu son verre de vin. Plus il y pensait, plus il semblait logique qu'ils aillent à Paris ensemble. Elle ne pouvait pas ignorer le concours. Et si elle gagnait la médaille et n'était même pas là pour l'accepter ? Si en plus ça permettait de mettre fin à la brouille avec son père, c'était une occasion à ne pas laisser passer.

— Tu ne m'as pas donné de raison. En tout cas, aucune raison sérieuse.

— Il y en a beaucoup. À commencer par notre passé.

— Nous irions là-bas en tant qu'associés. Rien de plus. Reconnais que nous devons discuter de tas de choses. Quel meilleur cadre pour prendre des décisions à propos de notre société que le Salon de la gastronomie et des vins de Paris, au cours duquel tu dois en plus participer à un concours ?

Izzy secoua la tête. Au grand dépit de Zayn. Son entêtement à refuser sa proposition commençait à devenir blessant.

— Tu ne serais pas obligée de rester toute la semaine. Si tu le souhaites, je prendrai des dispositions pour que tu puisses revenir ici juste après la cérémonie.

Après un long silence, elle finit par répliquer :

— Laisse-moi jusqu'à demain pour réfléchir.

Le cœur de Zayn se gonfla d'espoir. Enfin un progrès…

Il l'avait embrassée.

Près de douze heures s'étaient écoulées depuis, mais elle sentait encore ses lèvres sur les siennes, sa langue qui s'insinuait dans sa bouche… Izzy régla la chaleur de l'eau de la douche jusqu'à la limite du supportable. Quelle plaie, cet homme ! À cause de lui, elle avait passé la nuit à se tourner et se retourner dans son lit. Quand elle ne revivait pas leur baiser, elle revoyait son regard brûlant quand il lui avait montré le gui avant de se pencher sur elle.

Plus tard dans la soirée, elle avait découvert qu'une des ouvrières viticoles, consciente des sentiments de Paula pour Ethan, avait accroché plusieurs boules de gui à différents emplacements stratégiques dans l'espoir que ça inciterait les deux tourtereaux à surmonter leur timidité.

Mais c'était elle qui était tombée dans le piège. Parce qu'elle se sentait bel et bien prise au piège. Zayn voulait qu'elle l'accompagne à Paris. Une autre pensée qui l'avait empêchée de trouver le sommeil. Elle ne songeait tout de même pas sérieusement à accepter ?

Le concours, elle s'en moquait réellement. Elle n'avait pas besoin d'une médaille pour avoir conscience de sa valeur en tant que vigneronne. Par ailleurs, elle ne partageait pas l'opinion de Hector. Elle n'était pas du tout convaincue qu'une victoire au concours suffirait à ramener Ernesto Veracruz à de meilleurs sentiments envers elle. Il pouvait être incroyablement buté, en particulier en ce qui concernait sa fille. Il avait considéré son refus de l'aider à gérer l'entreprise qu'il venait de créer comme un manque de respect. Il se trompait. Elle éprouvait un immense respect pour tout ce que ses parents avaient accompli. Mais il lui avait demandé l'impossible. Laisser tomber Myrna et Stackhouse. Comment aurait-elle pu accepter ?

Izzy versa quelques gouttes de gel douche à la lavande sur son éponge et huma le parfum apaisant. Elle devait donner sa réponse à Zayn aujourd'hui. En principe, celle-ci devrait être évidente. Un refus catégorique. Alors pourquoi s'attardait-elle sous la douche ? C'était la troisième fois qu'elle se savonnait… Une question s'imposait. Envisagerait-elle un seul instant d'accepter s'il ne l'avait pas embrassée ? En fait, plusieurs questions se bousculaient dans sa tête. Pourquoi l'avait-il embrassée ? Pourquoi n'avait-elle pas résisté une seule seconde ? Et pourquoi n'avait-elle pas exigé des explications ? Elle avait le droit de savoir pourquoi il avait pris la fuite cinq ans plus tôt. À en juger par son attitude, il n'avait pas plus tourné la page qu'elle. Alors pourquoi l'avait-il quittée ? Il lui devait des éclaircissements sur sa conduite. Il était inutile de l'attaquer de front. Elle avait essayé cinq ans plus tôt, et ça n'avait pas abouti. Au contraire. Il s'était montré de plus en plus fuyant. Peut-être avaient-ils besoin de passer un peu de temps ensemble. Dans un endroit neutre, où rien ne leur rappellerait le passé.

Ou peut-être était-elle juste en train de chercher des excuses pour prendre la décision que son cœur lui soufflait.

9.

Avait-il eu raison ?

Cette question poursuivait déjà Zayn depuis plusieurs heures quand Izzy et lui montèrent dans la limousine qui les attendait à leur descente d'avion. Sur le moment, dans l'euphorie de la fête et du baiser qu'ils venaient de partager, proposer à Izzy de l'accompagner à Paris lui avait paru une bonne idée. Il était heureux qu'elle ait fini par accepter, bien sûr, mais il ne pouvait s'empêcher de s'interroger. Passer trois jours en sa compagnie dans l'une des villes les plus romantiques du monde ne risquait-il pas d'être une épreuve ?

Par ailleurs, même s'il n'en avait pas eu conscience au départ, il appréhendait ce énième voyage en solitaire en Europe. À chaque fois qu'il s'était retrouvé seul à Paris à cette période de l'année, il avait éprouvé un grand sentiment de vide. Il s'était raconté que son invitation était un service qu'il rendait à Izzy, alors qu'au fond il n'avait pensé qu'à lui. Elle n'avait pas eu tout à fait tort quand elle l'avait traité d'égoïste le premier jour à Napa.

— C'est fantastique, dit-elle à l'autre bout de la banquette, le front appuyé contre la vitre. Je ne savais pas que Paris était aussi féerique pendant les fêtes.

Plus encore qu'à l'ordinaire, la ville était parée de lumières. Sapins de toutes tailles ornés de guirlandes scintillantes et de boules multicolores, façades ruisselantes de pluie d'étoiles, projections lumineuses sur certains monuments, vitrines animées, c'était un spectacle éblouissant.

Voilà pourquoi, sans le savoir, il avait voulu qu'elle l'accompagne. Seul, il n'aurait même pas remarqué toutes ces décorations. Son ordinateur sur les genoux, il se serait concentré sur ses mails et ses tableaux.

— Attends de voir les Champs-Élysées ce soir. Les illuminations sont spectaculaires.

Il eut un petit sourire taquin.

— Elles pourraient même rivaliser avec celles que tu as installées à Stackhouse.

— J'ai hâte de les voir, répliqua-t-elle, le front toujours collé à la vitre.

— Nous pourrons y aller ce soir, si tu en as envie. Mais il fait froid. Moins que sur la côte Est mais quand même. J'espère que tu as apporté des vêtements chauds.

— Juste quelques pulls. Vivant à Napa, je n'ai pas de véritables tenues d'hiver.

Ça ne suffirait pas. Il devait veiller à ce qu'elle ne souffre pas du froid. Cette pensée fit surgir dans l'esprit de Zayn des images qu'il s'empressa de chasser. Ils étaient ici pour affaires. Rien d'autre.

— Nous pourrions peut-être voir quelques boutiques. Certaines vitrines valent le détour. Il y a aussi plusieurs marchés de Noël à cette époque de l'année.

Izzy se tourna vers lui, et son sourire le combla.

— Oui, c'est une bonne idée, Zayn. Je ne suis jamais allée sur un marché de Noël en Europe. J'ai hâte de voir ça.

À vrai dire, lui aussi. Tout seul, cette idée ne lui aurait pas effleuré l'esprit, mais la compagnie d'Izzy la rendait très attrayante. Une demi-heure plus tard, la limousine s'arrêta devant l'hôtel. Un groom se précipita aussitôt pour prendre leurs bagages tandis qu'il entraînait Izzy vers l'entrée. Lorsqu'ils pénétrèrent dans le hall, elle étouffa un petit cri ravi. C'était comme si le pôle Nord s'était installé au rez-de-chaussée de ce palace parisien. Un immense sapin blanc s'élevait jusqu'au plafond d'une hauteur vertigineuse. Couvert de guirlandes et de décorations, il était encerclé de faux paquets-cadeaux multicolores ficelés avec du ruban rouge. Près de l'entrée, un Père Noël mécanique agitait la main, perché sur un traîneau en bois tiré par huit rennes.

Le hall de cet hôtel avait-il toujours été décoré de manière aussi somptueuse pour Noël ? Était-il possible que la réponse soit oui mais qu'il n'ait rien remarqué lors de ses précédents séjours ? En tout cas, à présent qu'il voyait ce décor avec les yeux d'Izzy, il avait le sentiment d'être un enfant le matin de Noël. Un enfant qui n'avait rien à voir avec celui qu'il était autrefois. Dans son enfance, Noël n'avait jamais été une fête synonyme de joie.

— Incroyable ! s'exclama Izzy en s'immobilisant pour contempler le Père Noël.

Il pouffa.

— Si nous allions nous présenter à la réception ?

Izzy hocha la tête et le suivit.

— Votre chambre est prête, monsieur, annonça le réceptionniste quelques minutes plus tard dans un anglais parfait avec un accent français marqué. Le bagagiste va vous accompagner.

— Vous voulez dire *nos* chambres, je suppose ? rectifia Zayn. La réservation a dû être modifiée il y a quarante-huit heures.

L'homme plissa le front et tapota sur le clavier de son ordinateur.

— Je crains qu'il n'y ait qu'une seule chambre réservée à votre nom, monsieur.

Clara aurait-elle effectué la réservation au nom d'Izzy ?

— Pouvez-vous essayer Izadora Veracruz ?

L'homme secoua la tête.

— Je crains qu'il n'y ait rien non plus à ce nom, monsieur.

Zayn sentit Izzy se raidir à côté de lui.

— Il doit y avoir une erreur, dit-elle d'un ton crispé.

— Mon assistante devait vous appeler pour faire une réservation supplémentaire. Pouvez-vous vérifier de nouveau, s'il vous plaît ?

Le réceptionniste fit une nouvelle tentative, puis leva un regard inquiet vers Zayn. Peut-être y avait-il eu un problème de langue.

— Je n'ai que la chambre à votre nom, monsieur.

Zayn se frotta le menton. Ça commençait mal…

— Peut-être. Dans ce cas, pouvons-nous simplement ajouter une chambre à la réservation ?

— Tout est réservé depuis des mois en raison du salon, monsieur. Il ne nous reste rien. En revanche, je peux vous donner une clé à chacun.

— Mais ce n'est pas une solution, intervint Izzy, livide. Nous ne sommes pas… ensemble, ni rien.

Il réprima une moue désabusée. Elle n'avait pas du tout envie de partager sa chambre. Vu les circonstances, il ne pouvait pas lui en vouloir. Malgré tout, c'était un peu vexant. Elle se tourna vers lui, l'air affolé.

— Peut-être un autre hôtel dans le quartier.

Le réceptionniste répondit avant Zayn.

— Tout est complet dans toute la ville.

Zayn prit Izzy par le coude et l'entraîna à l'écart.

— C'est une suite très vaste. Je dormirai sur le canapé. Nous ne partagerons que la salle de bains. Ça va aller.

Elle ne parut pas convaincue.

Elle n'aurait jamais dû venir. Izzy promenait son regard autour d'elle, l'estomac noué. Le décor évoquait irrésistiblement une suite nuptiale dans une comédie romantique. On disait que Paris était la ville des amoureux. De toute évidence, l'industrie hôtelière tenait à se montrer à la hauteur de cette réputation. Épais tapis couleur sable et murs or. Mélange de bordeaux et de vieux rose pour le linge de lit et les meubles. Un grand tableau représentant un chérubin au-dessus du téléviseur à écran géant… Franchement, ça frisait le cliché. Avec en prime, vue sur la tour Eiffel et porte-fenêtre ouvrant sur un charmant balcon à balustrade en fer forgé.

Allait-elle vraiment devoir passer trois jours dans cet endroit en compagnie de Zayn ?

— Ça ne sera pas si pénible, dit-il derrière elle, comme s'il lisait dans ses pensées. Il y a beaucoup d'espace. Je te promets de me conduire en parfait gentleman.

Ha, ha ! Comme si elle pouvait le croire.

— À moins que je me retrouve sous une boule de gui ?

— Eh bien… je ne suis pas de pierre, rétorqua-t-il avec un sourire malicieux.

Mieux valait ne pas relever… Le regard d'Izzy se posa sur le canapé. De style baroque, il avait son charme. Mais dormir dessus ? Il semblait très inconfortable. Et de toute façon, il était beaucoup trop petit pour Zayn.

— C'est moi qui dormirai sur le canapé, déclara-t-elle.

Zayn ouvrit sa valise et commença à la défaire.

— Tu ne t'imagines pas que je vais accepter.

— Et moi, je ne peux pas accepter que tu sois obligé de te contorsionner pour essayer de dormir dans la suite que tu as réservée et payée.

— Tu vas bien être obligée. Comme je l'ai dit, je suis un véritable gentleman. Qui ne laissera jamais une dame passer la nuit sur… ce truc.

— Dans ce cas, nous sommes dans une impasse.

Il haussa les épaules.

— Nous en discuterons pendant le dîner. Je meurs de faim.

À vrai dire, elle aussi…

— J'insiste pour prendre les repas à ma charge. Tu paies l'hôtel, je paierai le restaurant.

Mais en avait-elle les moyens ? se demanda-t-elle aussitôt. Connaissant Zayn, il devait avoir l'habitude de fréquenter des restaurants gastronomiques. Ce qui risquait de lui coûter très cher. Elle gagnait bien sa vie, mais elle s'efforçait de limiter ses dépenses afin de pouvoir faire face aux frais d'entretien de Stackhouse. Elle tenait par ailleurs à rénover la salle de dégustation.

— D'accord, dit Zayn à sa grande surprise.

Mince, elle s'attendait à ce qu'il proteste… Elle allait être obligée d'adopter un budget plus serré à son retour en Californie.

Lorsqu'ils quittèrent l'hôtel, le temps s'était nettement rafraîchi. Elle frissonna dans son pull trop fin. Zayn s'en aperçut et enleva son écharpe pour la lui donner.

— Merci, tu avais raison au sujet de la température.

Elle s'enveloppa dans l'écharpe en inspirant profondément. Le parfum de Zayn l'enveloppa. Bois de santal avec une pointe d'agrumes. Et l'odeur masculine qui n'appartenait qu'à lui. Un flot de souvenirs envahit son esprit. Autrefois il se glissait dans sa chambre au milieu de la nuit. Quand il repartait furtivement au petit matin, il laissait son odeur sur les draps. Elle se rendormait en les humant avec délectation. Quand son père s'était rendu compte de ce qui se passait, il avait été furieux.

Mais ce n'était pas le moment de s'abandonner à la nostalgie. Elle descendit sur la chaussée, mais Zayn la prit par le coude pour la faire remonter sur le trottoir.

— Nous ne prenons pas un taxi ?

— Non. L'endroit que j'ai en tête est à quelques minutes de marche.

Ils atteignirent bientôt une sorte de petit village composé de minichalets en bois qui proposaient toutes sortes d'objets artisanaux et de produits du terroir.

— Bienvenue au marché de Noël des Champs-Élysées, déclara Zayn avec un grand geste. Les marchés de ce genre sont nés en Allemagne, mais on en trouve maintenant partout en Europe.

— Oh ! c'est incroyable !

— Qu'est-ce qui te ferait envie ? Il y a de tout. Fromage, biscuits, crêpes…

Elle éclata d'un rire joyeux.

— Tout est très tentant. Je veux tout goûter.

Il lui adressa un clin d'œil.

— Bien joué. Commençons par des crêpes.

Ils flânèrent pendant deux heures en dévorant une gourmandise après l'autre. Finalement, après avoir dégusté des chocolats, elle décréta :

— Terminé. Pas une bouchée de plus.

— Tu abandonnes déjà ?

— Je le crains oui.

— Attends-moi là. Il y a encore un stand que je voudrais voir. Je reviens tout de suite.

Zayn s'éloigna avant qu'elle ait le temps de réagir. Tant mieux, songea-t-elle en admirant les châles du stand voisin de celui du vendeur de chocolats. Elle avait besoin de faire une pause. Pour savourer ce qu'elle venait de vivre et pour admettre une réalité. Il y avait cinq ans qu'elle n'avait pas passé une soirée aussi agréable. Depuis le départ de Zayn.

Dès qu'il l'avait vu, il avait eu envie de l'acheter pour elle. Zayn glissa discrètement dans sa poche le petit bibelot de la taille d'une boîte d'allumettes. Il le lui donnerait plus tard, quand ils seraient loin de la foule. Ou bien il attendrait qu'ils soient de retour à Napa et il le lui offrirait le matin de Noël. À Napa ? Il avait pourtant prévu de rentrer directement à Manhattan… Mais apparemment, son inconscient avait fait d'autres projets.

Mais Izzy aurait-elle envie de passer Noël avec lui ? Il ferait sans doute mieux de ne pas prendre ses désirs pour des réalités. Était-il seulement prêt à le lui proposer ? Il réprima une moue de dérision. Lui qui se targuait d'agir avec détermination en toutes circonstances… Dès qu'il s'agissait d'Izzy, il flottait dans l'indécision.

Ils reprirent la direction de l'hôtel en longeant la Seine. Les lumières de la ville brillaient tout autour d'eux. Au loin, la tour Eiffel scintillait comme une grosse décoration de Noël. Si seulement cette nuit magique pouvait ne jamais se terminer… Il entraîna Izzy vers un banc et l'invita d'un geste à s'asseoir. Elle ne protesta pas. Pendant plusieurs minutes, ils contemplèrent le fleuve et les autres promeneurs dans un silence détendu. Izzy fut la première à le rompre.

— C'est une des villes que nous rêvions de visiter ensemble.

Elle pouffa.

— À ton avis, combien d'heures avons-nous passées à parler de tous les voyages que nous voulions faire dès que possible ?

— Un nombre incalculable. Mais ce qui n'arrangeait rien, c'était que ma mère faisait une apparition de temps en temps en me promettant de m'emmener avec elle dans sa prochaine aventure. Pour trouver ensuite une excuse pour ne pas le faire.

Pourquoi avait-il évoqué un souvenir aussi sombre ? se demanda-t-il aussitôt. Il n'avait pas conscience que celui-ci était aussi vivace. Izzy se pencha vers lui pour presser son épaule contre la sienne. Personne ne savait mieux qu'elle combien il avait souffert de la désinvolture de sa mère, et sa présence à son côté était d'un grand réconfort. Ils restèrent encore un long moment assis en silence. Puis, l'air devenant de plus en plus frais, il se leva et lui tendit la main. Ils reprirent leur marche.

— Je ne sais pas pourquoi je la croyais à chaque fois,

dit-il. J'aurais dû savoir à quoi m'en tenir après avoir été renvoyé de famille en famille sans qu'elle tienne jamais ses promesses de venir me chercher.

Il avait vécu une vie de nomade, confié tour à tour à des parents et à des familles d'accueil, rapidement rejeté par les uns et les autres, parfois avec cruauté. Finalement, sa grand-tante Myrna était intervenue. Presque trop tard. À l'époque où il avait été accueilli à Stackhouse, il était rongé par la colère et le ressentiment. Ce qui l'avait conduit à commettre des écarts de conduite qui lui avaient valu des problèmes avec les autorités.

— As-tu parfois des nouvelles de ta mère ? demanda Izzy.

Il haussa les épaules.

— Une carte d'anniversaire de temps en temps. Ou une carte postale du dernier endroit où elle se trouvait.

Quand avait-il reçu la dernière ? Ça devait faire un certain temps…

— Un jour j'ai reçu une invitation à son mariage. Je crois qu'elle a épousé le cheikh d'un petit État du Moyen-Orient. Mais peut-être a-t-elle divorcé depuis. Je ne sais plus.

— Un cheikh ?

— À vrai dire, je ne connais même pas son nom actuel.

Et puis il y avait son père. Un homme sur l'existence duquel il ne s'était jamais attardé jusqu'à un étrange coup de téléphone reçu quelques mois plus tôt. Mais c'était la dernière chose à laquelle il avait envie de penser.

Ce soir il mesurait à quel point Izzy lui avait manqué comme confidente. C'était quelqu'un à qui il pouvait tout dire et qui l'écoutait sans jamais le juger, une exception dans sa vie. Elle le connaissait mieux que personne. Et malgré ça, elle avait éprouvé des sentiments pour lui. Comme mue par une volonté propre, la main de Zayn chercha celle d'Izzy. Il l'arrêta juste à temps et crispa le poing. Mais à cet instant ce fut la main d'Izzy qui se referma sur la sienne. C'était si bon de marcher main dans la main avec elle. C'était une sensation si familière… Il sentit son cœur se gonfler de joie.

Quelques instants plus tard, comme pour ajouter à la magie de l'instant, des flocons commencèrent à tomber. C'était la première fois qu'il voyait de la neige à Paris. Izzy lui donna un petit coup de coude et leva le visage vers le ciel. Un gros flocon s'écrasa sur son nez. Incapable de résister à la tentation, il se pencha vers elle et déposa un baiser à cet endroit.

— Zayn, murmura-t-elle d'une voix altérée.

Oh ! comme il avait envie de la prendre dans ses bras et de dévorer sa bouche ! Ici même, au bord de la Seine, avec des dizaines de promeneurs autour d'eux. Un frisson parcourut Zayn. L'instant où ils allaient se retrouver seuls dans la suite s'annonçait redoutable. Comment avait-il pu considérer un seul instant que dormir dans le même espace qu'elle ne posait aucun problème ? Faisant appel à toute sa volonté, il se remit en marche. Elle se pressa plus étroitement contre lui.

— J'avais oublié que Paris était la ville romantique par excellence, ajouta-t-elle de la même voix.

Électrisé, il s'exhorta au calme. Si Izzy avait des élans vers lui, c'était peut-être simplement dû au charme particulier de Paris pendant les fêtes. Elle était sûrement grisée par l'euphorie ambiante sans avoir pour autant réellement envie de lui tomber dans les bras. Profiter de la situation serait indigne. Il fallait qu'il se montre responsable pour deux.

Toutes les bonnes résolutions de Zayn s'évanouirent dès qu'ils franchirent le seuil de la suite. Avait-il vraiment décidé de souhaiter une bonne nuit à Izzy et de ressortir jusqu'à ce qu'elle s'endorme ? Oui, il s'était dit qu'il pourrait aller travailler dans le salon, au rez-de-chaussée. Ou bien marcher sans but dans les rues jusqu'à ce que le tourbillon d'émotions et de désir qui lui donnait le vertige finisse par s'apaiser. Il y avait tellement de problèmes à considérer. La distance, à présent qu'il était installé à Manhattan à l'autre bout du pays. Les fautes passées qu'il ne serait jamais capable de lui avouer. Le risque bien réel de finir par la faire souffrir, comme autrefois. Pour toutes ces raisons, il ne pouvait pas se permettre de céder à son attirance pour elle.

Sa décision était ferme. Du moins, c'était ce qu'il avait voulu croire. Il referma la porte derrière eux. Au lieu d'annoncer à Izzy qu'il ressortait prendre l'air un moment, il se dirigea vers la table basse. Une bouteille de bordeaux offerte par la direction les y attendait.

— Un dernier verre avant de dormir ?

Elle soutint son regard un instant avant de répondre, les yeux brillants.

— À vrai dire, j'ai un peu soif après tout ce que nous avons mangé.

Il enleva son manteau, tandis qu'elle se pelotonnait sur le canapé, les jambes repliées sous elle. Elle avait gardé son écharpe autour du cou, et ses cheveux ébouriffés ruisselaient dessus. Il était très tentant de dérouler l'écharpe, puis de continuer à la déshabiller jusqu'à ce qu'elle soit nue et vibrante de désir dans ses bras. Déglutissant péniblement, il détourna les yeux et entreprit de déboucher la bouteille. Mais quand il se tourna de nouveau vers elle, ses paupières étaient closes et sa respiration régulière. Elle s'était endormie.

Était-il déçu ou soulagé ? Les deux. Mais quel sentiment dominait, il ne saurait pas su le dire.

Izzy se sentit soulevée du canapé par des bras puissants.

— Je ne dors pas, protesta-t-elle. J'ai juste fermé les yeux un instant.

— Si tu ne dormais pas, tu n'en étais pas loin, répondit la voix profonde de Zayn.

— De toute façon, on avait décidé que je dormirais sur le canapé.

Mais à vrai dire, cette perspective était terriblement déprimante. Elle n'avait aucune envie de se retrouver loin de Zayn. Elle voulait rester avec lui. Dans son lit.

— Nous n'avons rien décidé de tel.

Ils étaient arrivés à la hauteur du lit. Izzy rencontra le regard de Zayn, et l'éclat de ses yeux lui coupa le souffle. Ils étincelaient de désir. Un désir aussi intense que celui qui la consumait. Elle baissa les yeux sur ses lèvres. Sa bouche n'était qu'à quelques centimètres de la sienne.

— Zayn ?

Elle sentit les battements de son cœur s'accélérer contre sa joue. Son propre cœur suivit le rythme, et elle se laissa glisser contre lui jusqu'à ce que ses pieds touchent le sol. Nouant les bras autour de son cou, elle se hissa sur la pointe des pieds. Il déglutit péniblement.

— Iz, je ne suis pas…

Elle posa un doigt sur ses lèvres pour le réduire au silence, mais il poursuivit.

— Mon cœur, je suis obligé de faire de gros efforts pour tenir parole et me conduire en parfait gentleman. Tu ne me facilites pas vraiment les choses.

— Je pense que je serais cruellement déçue si tu trouvais ça facile.

Elle sentit ses mains descendre lentement le long de son dos puis se refermer sur ses fesses. Quand il la plaqua contre lui, la preuve flagrante de son désir pour elle acheva de l'enflammer. Tant pis pour les conséquences. Elle s'inquiéterait plus tard.

10.

Il en avait rêvé bien plus souvent qu'il ne l'aurait dû. La tenir de nouveau dans ses bras, sentir ses formes somptueuses contre son corps. Dans ses fantasmes, il parvenait à prendre son temps, à se maîtriser. Quelle naïveté !

Il parvenait tout juste à garder un semblant de retenue. Ça avait toujours été ainsi entre eux. Une étincelle suffisait à les embraser, puis la passion les emportait dans un tourbillon qui les privait de toute pensée cohérente. Il se laissa tomber sur le lit, l'entraînant dans sa chute. Aussitôt elle commença à le torturer, promenant les mains sur son torse, ses épaules, son dos, puis son torse encore, avant de les faire glisser sur son ventre, puis de plus en plus bas. En quelques secondes, leurs vêtements se retrouvèrent en tas sur le sol. Comment avait-il pu imaginer un seul instant qu'il pourrait résister à la tentation quand il la reverrait ?

Impossible de ralentir le mouvement. Il aimerait bien, mais il ne contrôlait rien. Il n'était plus qu'un pain de terre glaise dans les mains habiles d'Izzy. Elle était à la manœuvre, et il allait se laisser conduire. Cette nuit il irait partout où elle voudrait l'emmener.

Le lendemain matin Izzy se réveilla épuisée et tout endolorie mais plongée dans une douce béatitude. Et seule.

Se redressant d'un bond, elle chercha du regard des traces de la présence de Zayn. Sur la table de chevet, son téléphone s'alluma à l'arrivée d'un texto.

Je suis allé chercher des viennoiseries et du pain frais pour le petit déjeuner. Ne bouge pas.

Il avait ajouté plusieurs émojis, dont certains très coquins. Osés, même… En tout cas, pas le genre d'émojis standard pré-chargés sur les téléphones. Les joues en feu, elle pensa à la nuit qu'ils venaient de passer. Et elle rougit de plus belle.

Zayn avait le don de faire ressortir un aspect de sa personnalité qui ne se manifestait pas d'ordinaire. Elle se sentait bien avec lui. Parfaitement à l'aise. Il avait été son premier véritable petit ami. Et les hommes qu'elle avait connus depuis avaient été loin d'éveiller les mêmes sentiments en elle. Elle se laissa retomber sur le dos en jurant. À la lumière du jour les choses paraissaient beaucoup plus compliquées qu'à la lueur des illuminations de Noël scintillant derrière la fenêtre…

Quand Zayn avait quitté Napa, elle avait été anéantie. Il lui avait fallu des mois pour commencer à se relever. Et des années pour accepter de sortir avec d'autres hommes. Aucune de ces relations n'avait duré. Aujourd'hui elle était dans un lit tout chaud à Paris, et Zayn lui envoyait des textos coquins. Ils avaient passé la nuit dans les bras l'un de l'autre. Comme si les cinq dernières années n'avaient jamais existé. Mais elles s'étaient bel et bien écoulées. Et elle n'avait toujours pas eu une seule réponse. Ou peut-être que si. Peut-être n'y avait-il pas d'autre explication que celle qu'il lui avait donnée juste avant son départ. Napa était une ville trop petite pour lui et liée à trop de mauvais souvenirs. Leur relation avait peut-être toujours été plus importante pour elle que pour lui.

Et aujourd'hui, où en était-elle ? Une semaine après leurs retrouvailles, elle était retombée dans son lit. La magie de

Paris pendant les fêtes n'était pas une excuse. En fait, elle n'avait aucune excuse. Il fallait l'accepter. Même après tout ce temps, elle n'avait pas tourné la page. Elle ne la tournerait sans doute jamais. Tout à coup, les viennoiseries n'avaient plus aucun attrait. Elle avait perdu l'appétit. Malgré la consigne de Zayn, elle se leva pour prendre une douche et s'habiller. Il était temps d'être honnête avec elle-même. Dans ses relations avec cet homme, elle se laisserait toujours guider par son cœur. Même si celui-ci devait finir en lambeaux. Il était grand temps pour elle de prendre une décision à ce sujet.

Était-elle prête à se contenter de ce que lui offrait l'homme qu'elle aimait ? Parce qu'elle aimait Zayn. Il était impossible de le nier plus longtemps. Une autre chose était certaine. Son retour dans sa vie était temporaire. Après ce voyage à Paris, elle ne le reverrait peut-être jamais. Et si elle essayait de savourer ce qui était à sa portée au lieu de se torturer l'esprit au sujet de ce qui était inaccessible ?

Lorsqu'elle sortit de la salle de bains une demi-heure plus tard, la suite était toujours vide. Cependant, il y avait une boîte de pâtisseries en carton sur la table basse. Elle alla consulter son téléphone. Il y avait un message.

Désolé, j'ai reçu un appel urgent en audioconférence et j'ai décidé de le prendre dans le salon VIP de l'hôtel. Retrouvons-nous au pied de la tour Eiffel pour déjeuner. J'ai hâte de te voir !

Pas d'émojis coquins, cette fois. C'était peut-être un signe. Le lendemain de leurs retrouvailles au lit, ils ne communiquaient que par textos. Elle répondit en s'efforçant de surmonter sa déception. Son téléphone émit un signal sonore avant même qu'elle ait le temps de le reposer.

Toujours bloqué par cette audioconférence, mais je ne voulais pas attendre pour t'envoyer ça. Je suis si fier de toi !

Au texto était joint un article sur la *World Vintner Competition* dans lequel son cabernet était mentionné en termes élogieux. Il était fier d'elle. Ce compliment ne devrait pas la toucher à ce point. Était-il fier de son associée ? Ou bien de la femme qu'il… ? Elle ne savait même pas ce qu'elle représentait pour lui. Éprouvait-il autre chose que du désir ? Rien ne le prouvait.

Mais assez perdu de temps à se torturer l'esprit. Elle était à Paris pour un salon. Elle était une vigneronne professionnelle en voyage d'affaires, et il fallait qu'elle se comporte comme telle. Elle décrocha le téléphone de la chambre pour commander du café. Puis elle releva ses cheveux en chignon et mit un tailleur jupe crayon. Qu'allait-elle dire à Zayn quand elle le verrait dans quelques heures ? Elle n'en avait aucune idée. Elle ne savait même pas si elle résisterait à la tentation de courir se jeter dans ses bras dès qu'elle le verrait.

Il aurait dû ignorer cet appel. L'urgence était en réalité un simple problème surestimé par un employé paniqué. Et de toute façon, il avait eu un mal fou à se concentrer sur la conversation. Il avait décidé de s'installer dans le salon pour ne pas être distrait par la présence d'Izzy. Mais même à distance, elle avait occupé toutes ses pensées. Quel dommage ! Il aurait nettement préféré passer la matinée au lit avec elle. Vivement qu'il la retrouve. Il brûlait d'impatience. Mais que lui avait-il pris de lui donner rendez-vous à la tour Eiffel ? Il aurait mieux fait de lui demander de l'attendre dans la suite. Nue, enveloppée dans l'écharpe qu'il lui avait prêtée… Peut-être plus tard ? Jetant un coup d'œil à sa montre, il hâta le pas. Il avait quelques minutes de retard et il n'avait aucune envie de faire attendre Izzy.

Elle n'était pas là. Il sortit son téléphone de sa poche. Pas de message. Aurait-elle oublié ? Elle était une des personnes les plus ponctuelles de sa connaissance. Ou du moins elle l'était autrefois. On pouvait changer beaucoup en cinq ans. Après tout, lui-même ne s'était-il pas métamorphosé depuis son départ de Napa ? Izzy était peut-être devenue le genre de femme à oublier un rendez-vous avec un homme avec qui elle avait passé la nuit. À cette pensée, il crispa les doigts sur son portable avec une telle force qu'il crut qu'il allait briser l'écran. *Du calme.* Elle avait sans doute juste quelques minutes de retard de plus que lui. Elle devait passer au salon. Elle s'était peut-être attardée à un stand. Ou bien en chemin devant les vitrines. Il parcourut le parvis du regard une énième fois. Aucune trace d'Izzy.

Sa respiration devint difficile, et son rythme cardiaque s'accéléra. Oh ! non ! Pas maintenant. Ce n'était pas le moment d'avoir une de ces fichues crises. Bientôt deux ans qu'elles lui gâchaient la vie. Et elles devenaient de plus en plus fréquentes. Il s'efforça de respirer plus lentement. Elle s'était peut-être perdue. Après tout, elle ne connaissait pas bien la ville. Il aurait dû lui dire de prendre la voiture avec chauffeur que l'hôtel tenait à sa disposition. Certains quartiers n'étaient pas très sûrs. S'il lui était arrivé quelque chose, il ne se le pardonnerait jamais… Il l'appela et tomba directement sur la messagerie. De plus en plus oppressé, il réprima un juron. Que lui avait-il pris de la laisser seule dans une ville inconnue ?

— Zayn !

Submergé par un soulagement qui faillit lui couper les jambes, il se retourna. Elle arrivait en courant, les joues roses, tout essoufflée.

— Ça fait longtemps que tu attends ? Je suis vraiment désolée. J'ai fait du shopping, expliqua-t-elle en brandissant un sac. Les boutiques parisiennes sont incroyables. Les vendeuses vous accueillent avec des cookies, du café… J'ai essayé des dizaines de robes avant d'en trouver une qui me plaise.

Elle s'interrompit et scruta son visage.

— Que se passe-t-il ? Tu es tout pâle.

— J'ai cru que tu t'étais perdue. Je me demandais si je devais me mettre à ta recherche.

— Je suis vraiment désolée. Je n'avais pas prévu de m'attarder à ce point dans les boutiques. Et puis j'ai mal estimé le temps qu'il fallait pour venir ici à pied. Je ne connais pas bien la ville.

Encore étourdi de soulagement, il ferma brièvement les yeux.

— Ce n'est rien, Iz. Je commençais juste à m'inquiéter. Et comme tu ne répondais pas au téléphone.

Le visage d'Izzy s'éclaira, et elle le prit par le bras.

— Tu t'inquiétais pour moi ?

— Peut-être un peu.

Esquissant un sourire crispé, il lui prit le sac des mains et l'entraîna en direction de la Seine vers le bistro qu'il avait en tête. Il avait besoin de s'asseoir devant un verre de chardonnay bien frais. C'était même urgent.

— Attends, dit-elle en s'immobilisant. Ça t'ennuie si on monte d'abord dans la tour ? Je ne suis pas venue ici depuis que le plancher de verre a été inauguré. Je meurs d'envie de le voir. Je n'ai pas très faim pour l'instant.

Il ne put s'empêcher de marquer une hésitation.

— À moins que, toi, tu aies faim, reprit-elle précipitamment.

— Non. Nous pouvons visiter la tour, bien sûr. Tout ce que tu veux.

Il puisa un peu d'énergie dans le sourire radieux d'Izzy.

— Nous avons de la chance, il n'y a pas trop de monde aujourd'hui, dit Zayn dans la queue qui avançait lentement mais régulièrement.

Izzy lui jeta un coup d'œil furtif. Il était bizarre. Il

semblait moins assuré que d'habitude. Distrait, anxieux. C'était sans doute lié à cette audioconférence. Elle s'en voulait de l'avoir inquiété en arrivant en retard. Mais elle n'avait pas prévu de faire du shopping. Elle avait apporté tout ce dont elle avait besoin, y compris une robe noire très simple pour la cérémonie de remise des prix. Mais le texto qu'il lui avait envoyé l'avait fait réfléchir. Il était fier d'elle et il serait avec elle à la soirée. Tout à coup elle avait eu envie d'une tenue plus élégante et originale. Elle s'était dit qu'elle se trouvait dans la capitale mondiale de la mode et qu'il serait dommage de ne pas en profiter. Mais comment aurait-elle pu deviner que Zayn s'inquiéterait pour elle ? Elle n'en revenait pas encore…

Il leur fallut dix minutes pour atteindre le guichet, puis ils prirent l'ascenseur.

— La dernière fois que je suis venue en France, je n'ai pas eu le temps de faire du tourisme. Merci d'avoir accepté de monter.

— C'est un plaisir, Iz.

Lorsqu'ils sortirent au premier étage, elle poussa un petit cri enthousiaste. Constitué en partie de panneaux de verre, le plancher offrait une vue vertigineuse sur le sol situé cinquante-sept mètres plus bas. Les gens qui se trouvaient sous la tour ressemblaient à des fourmis. C'était une sensation extraordinaire. Elle avait l'impression de marcher dans le vide. Ce qui était tout de même assez déconcertant. Et même un peu effrayant, il fallait bien le reconnaître…

Elle entendit quelque chose tomber derrière elle et se retourna. Zayn avait lâché son sac et il était blanc comme un linge. Elle se précipita vers lui et le prit par le bras.

— Zayn ? Que se passe-t-il ?

— Rien. Ça va.

Il eut un sourire forcé qui démentait cette affirmation.

— Tu es tout pâle, dit-elle, étreinte par une vive inquiétude.

— Vraiment ?

Il ne la quittait pas des yeux, concentré sur son visage. Comme s'il craignait de laisser son regard s'aventurer ailleurs.

— Le sol en verre m'a un peu déstabilisé, c'est tout. J'ai la tête qui tourne un peu.

Elle se contenta d'opiner du chef. Il n'était visiblement pas le seul à avoir le vertige. Mais quelque chose lui disait que ce n'était pas l'unique problème. Le visage crayeux de Zayn était en train de virer au vert. Et elle était certaine de l'avoir entendu compter à mi-voix.

— Tu as peut-être attrapé quelque chose ?

— J'espère que non. J'ai quelques semaines assez chargées devant moi. Je n'ai pas le temps d'être malade.

Il esquissa un nouveau sourire qui ressemblait plutôt à une grimace.

— Tu as pris un petit déjeuner ?

— Non, je n'ai pas encore mangé aujourd'hui. Je pense que ça n'arrange rien.

Le sentiment de culpabilité d'Izzy s'accrut encore. Non seulement elle l'avait inquiété en arrivant en retard, mais elle avait refusé d'aller déjeuner tout de suite…

— Oh ! Zayn, tu aurais dû me dire que tu avais faim. Nous serions allés directement au restaurant.

Elle ramassa le sac qu'il avait laissé tomber. Il le regarda comme s'il le voyait pour la première fois. Il ne semblait même pas conscient que c'était lui qui l'avait lâché… Assaillie par une vive inquiétude, elle le poussa doucement devant elle en direction de l'ascenseur.

— Il vaut mieux redescendre sur la terre ferme.

— Non, je ne veux pas que tu rates la visite de la tour Eiffel à cause de moi, Izzy. Je peux monter jusqu'au sommet.

Il plaisantait ? De toute évidence, il ne tenait pas debout.

— Il nous reste encore deux jours à Paris, plaida-t-elle. Nous reviendrons quand tu te sentiras mieux. Là, il faut que tu manges quelque chose.

Elle s'efforça de surmonter l'angoisse qui montait en

elle. Zayn était un des hommes les plus vigoureux qu'elle connaissait. Le voir dans un tel état était très déstabilisant. Avant tout, il fallait redescendre au rez-de-chaussée et l'emmener à l'écart de la foule. Au bout d'une éternité, ils finirent par arriver dehors. Elle acheta une bouteille d'eau, et ils se dirigèrent vers un banc. Lorsqu'ils s'assirent, elle constata avec soulagement qu'il avait repris des couleurs. Elle lui tendit l'eau.

— Tu te sens mieux ?

Il eut un sourire narquois.

— Il n'y a plus que ma fierté qui souffre. Qui aurait cru que j'avais le vertige ?

— C'était ça ?

— Sans doute. À part ça, je me porte très bien. Si nous allions déjeuner ?

Sur ces mots, Zayn se leva et tendit la main à Izzy. Elle le considéra avec attention. Il semblait aller beaucoup mieux. Et il s'était remis si rapidement que l'hypothèse du vertige était vraisemblable. Elle prit sa main et se leva.

11.

Quelle humiliation !

Il avait l'air fin, le fringant gentleman qui avait invité son ex-petite amie à Paris… Zayn attendit qu'Izzy soit installée à la table avant de s'asseoir à son tour. Il n'était pas sûr d'avoir déjà eu une crise aussi forte. Et il avait fallu que ça arrive devant Izzy. Elle l'observait toujours avec attention.

— Tu es adorable quand tu t'inquiètes. Surtout quand tu t'inquiètes pour moi.

Il avait voulu détendre l'atmosphère, mais le regard d'Izzy resta anxieux.

— Je ne peux pas m'en empêcher, Zayn. Tu es sûr que tout va bien ? C'est une conséquence du coup que tu as reçu en tombant de l'escabeau ?

Il faillit s'esclaffer.

— Non. Absolument pas.

Il ne pouvait pas se contenter de cette réponse, décida-t-il. Il fallait la rassurer.

— Rien de grave, Iz. C'est juste quelque chose qui arrive de temps en temps.

Elle écarquilla les yeux.

— Ça t'est déjà arrivé ?

— Oui, ça a commencé il y a un an ou deux.

— Pourquoi n'as-tu pas consulté un médecin ?

— Je l'ai fait. J'ai même subi un examen complet avant de partir à Napa.

— Et ?

— Rien d'anormal. On m'a conseillé de me détendre davantage. De réduire le stress et de prendre plus souvent des vacances.

Inutile d'expliquer qu'il savait exactement quand les crises avaient commencé. Elle n'avait pas besoin de savoir que la première avait été déclenchée par un coup de téléphone inattendu. Un appel d'un homme dont il n'aurait jamais imaginé recevoir un jour des nouvelles. Son père, qui ne s'était jamais manifesté jusque-là. Non, il n'avait pas envie d'en parler à Izzy. Il n'avait pas envie de lui expliquer pourquoi il avait raccroché avant que son père ait le temps de préciser ce qu'il voulait. Ni pourquoi il avait ignoré tous ses appels ultérieurs. Il avait fini par bloquer le numéro. Mais quelques semaines plus tard, il avait été appelé depuis un autre numéro.

Izzy posa la main sur la sienne sur la table.

— Zayn, je pense que ce sont des crises d'angoisse que tu as eues.

Le serveur choisit ce moment pour leur apporter les menus et leur servir de l'eau, mais Izzy ne lâcha pas sa main. D'un geste, il rejeta sa suggestion. Son médecin lui avait fait la même remarque. Mais peu importait quel était le terme clinique. Il brûlait la chandelle par les deux bouts depuis des années. Ces coups de fil étaient la goutte d'eau qui avait fait déborder le vase. De toute façon, il n'avait pas eu le temps de s'en occuper.

— Non, j'ai juste besoin de ralentir le rythme.

— Peut-être qu'au retour tu pourrais aller voir Ethan…

Il leva la main pour l'interrompre.

— Non.

— Pourquoi ? Ce n'est pas quelque chose dont il faut avoir honte.

Il dégagea sa main de la sienne.

— Sincèrement, Izzy, il est inutile de t'inquiéter pour ça.

Allons bon, il avait adopté un ton plus vif qu'il ne l'aurait voulu. Mais il en avait vraiment assez de parler de ça. Si les crises persistaient, il s'en occuperait quand il aurait le temps. Elle pinça les lèvres.

— Autrement dit, ça ne me regarde pas.

— Ce n'est pas ce que j'ai dit, Iz. Pour l'instant, concentrons-nous sur le déjeuner.

Il ouvrit son menu.

— Ce restaurant est réputé pour son canard à l'orange. Je vais commander du champagne pour l'accompagner.

Izzy n'esquissa pas un geste pour consulter son menu. De toute évidence, elle n'était pas prête à renoncer. Il se massa le front en soupirant.

— Serais-tu rassurée si je te promettais de prendre des vacances à mon retour aux États-Unis ?

— Peut-être, répliqua-t-elle en haussant une épaule. Ce serait un bon début, je suppose.

— Alors je te le promets.

— Je ne suis pas sûre que tu saches te détendre, Zayn. Comment puis-je être certaine que tu ne vas pas passer tes vacances à travailler ?

Il pouffa.

— Tu veux que je signe un engagement ?

— Ce n'est pas un sujet de plaisanterie, Zayn. J'aimerais que tu prennes le problème au sérieux.

Comment la rassurer ? Il ne voyait qu'un seul moyen.

— Et si je te prouvais que je suis capable de prendre de vraies vacances ?

— Comment comptes-tu faire, exactement ?

— Après la cérémonie de remise des prix, je propose qu'on sèche le reste du salon. Il nous reste deux jours de séjour à Paris. Passons-les à jouer les touristes. Visites et divertissements. Rien d'autre.

Un sourire finit par étirer les lèvres d'Izzy.

— Comment puis-je savoir que ce n'est pas juste une ruse pour m'inciter à passer plus de temps au lit avec toi ?

— Je plaide coupable sans la moindre honte. Cette idée m'a effleuré l'esprit, c'est vrai.

Elle réfléchit en pianotant sur la table. Il se surprit à retenir son souffle.

— D'accord, finit-elle par répliquer. Pourquoi pas ?

Il eut un sourire malicieux.

— On ne peut pas dire que ce soit un accord enthousiaste, mais je vais être obligé de m'en contenter.

Finalement, la situation prenait un tour très réjouissant. Pendant deux jours, il allait avoir Izzy pour lui tout seul dans un des plus beaux pays du monde. Il ne pouvait pas demander beaucoup plus.

Décidément, elle ne se sentait pas très concernée par cette soirée… Izzy mettait un temps fou à se préparer. Qu'avait-elle accepté exactement au déjeuner ? Elle était si inquiète pour Zayn qu'elle aurait sans doute dit oui à n'importe quoi. Puisqu'il avait besoin de faire une pause, elle allait veiller à ce qu'il prenne de vraies vacances. Mais avant, il y avait cette cérémonie. Elle n'avait pas souvent l'occasion de porter une robe du soir. Tout ça était nouveau pour elle. Qu'allait-elle bien pouvoir dire si par hasard elle gagnait ? se demanda-t-elle en se coiffant devant le miroir. D'après ce qu'elle savait, le lauréat était censé monter sur scène pour recevoir le prix. Comme aux Oscars. Ou aux Grammies. Or, même si elle n'y croyait pas, ça pourrait très bien être elle.

Allons donc ! Il y avait au moins une douzaine de nominés. Ses chances de gagner étaient infimes. Certains vins provenaient de vignobles comptant parmi les plus réputés d'Europe. D'accord, elle était peut-être plus nerveuse qu'elle n'avait voulu le croire. Au moment où elle avait reçu la nouvelle de sa nomination, elle était à la fois sous le choc de la disparition de Myrna et accaparée par ses nouvelles responsabilités. Aujourd'hui, à quelques heures de la cérémonie, elle était bien obligée de reconnaître que c'était un événement. « Je suis si fier de toi. » Qu'elle gagne ou pas ce soir, elle impressionnait Zayn. Elle ne devrait sans doute pas en être aussi heureuse, mais c'était plus fort qu'elle. Cependant, elle était également inquiète. Quel que soit le problème à l'origine de ses malaises, elle comptait bien essayer de le découvrir. Même si elle ne se faisait pas d'illusions. Ça ne serait pas facile. Il n'avait visiblement pas l'intention de se confier. Une raison supplémentaire de penser qu'il n'envisageait pas une relation sérieuse avec elle. Dommage. Malgré tout, elle allait quand même tenter de l'inciter à se soigner. Mais ce soir… Elle allait mettre une robe habillée pour assister à une cérémonie glamour au bras d'un séduisant homme d'affaires. Elle allait déguster du champagne millésimé et passer une bonne soirée.

Sans bretelles, droite, taillée dans un tissu fluide et soyeux qui scintillait imperceptiblement, sa robe longue était d'un bleu sombre et profond qui contre toute attente mettait son teint en valeur, comme le lui avait assuré la vendeuse. Une fois habillée, elle enfila les escarpins noirs à talons aiguilles de cinq centimètres que lui avait prêtés Paula. Pourvu qu'elle ne trébuche pas tous les deux mètres… C'était la première fois de sa vie qu'elle mettait ce genre de chaussures. Et de robe…

Zayn redressa son nœud papillon et mit les boutons de manchette qu'il avait achetés spécialement pour l'occasion. D'ordinaire, ce genre de soirée l'ennuyait à mourir, mais la perspective d'assister à celle-ci était très réjouissante. Ce qui était entièrement dû à la personne qui l'accompagnerait, bien sûr. La douche ne coulait plus depuis un moment, mais Izzy était toujours dans la salle de bains. Il avait failli céder à la tentation de frapper à la porte, dans l'espoir de la surprendre en train de se sécher. Il se serait fait un plaisir de l'aider en essuyant méticuleusement chaque parcelle de sa peau. Puis il l'aurait soulevée de terre pour la porter jusqu'au lit… *Du calme.* S'il avait résisté à la tentation, c'était parce qu'ils devaient se rendre à une cérémonie importante pour elle. Il ne pouvait pas prendre le risque de la faire arriver en retard, même s'il en mourait d'envie.

Il ne s'attendait pas à ce qu'elle mette aussi longtemps à se préparer. Ce n'était pas du tout son genre. Mais il est vrai que l'occasion était spéciale. Quand ils étaient adolescents, elle avait toujours eu tendance à s'habiller décontracté. Ce qui ne l'avait jamais empêchée d'avoir une allure féminine. Elle était toujours sexy, même en jean usé et chemise ample. Cependant, il allait être intéressant de la voir en tenue de soirée.

Intéressant ? Ce n'était pas exactement le mot… Quand elle finit par sortir de la salle de bains, Zayn en eut le souffle coupé. Cette robe fourreau semblait avoir été créée pour elle et elle seule. D'un bleu profond légèrement scintillant qui évoquait une nuit étoilée au cœur de l'été, le tissu fluide glissait sur son corps et soulignait ses formes somptueuses. Et puis il y avait cette fente sur le côté, qui l'ouvrait jusqu'à mi-cuisses. Il suffirait d'y glisser la main pour… Crispant le poing, Zayn se concentra sur les cheveux d'Izzy, relevés en un chignon élaboré dont s'échappaient quelques boucles folles. Et ces chaussures… L'avait-il déjà vue en talons aiguilles ? Il était à peu près sûr que non. Elle était incroyablement sexy.

— Je suis désolée d'avoir mis autant de temps. Je n'ai pas l'habitude de me pomponner. Je ne sais pas trop comment m'y prendre.

Elle lissa sa robe, puis fit un tour sur elle-même.

— Alors, qu'en penses-tu ? Ça ira ?

Il resta silencieux pendant si longtemps qu'elle commença à donner des signes de nervosité. Il déglutit péniblement et finit par retrouver la voix.

— Oh ! oui. C'est parfait. Absolument parfait.

Elle ne se reconnaissait pas. Qui était cette inconnue qui circulait avec assurance parmi les grands noms du vin venus du monde entier ? Mais cette assurance, elle la devait avant tout à Zayn. Sa présence bienveillante et les informations qu'il lui murmurait à l'oreille au fur et à mesure qu'ils traversaient la foule en direction de leur table lui étaient d'un grand secours. Elle se présenta à deux rédacteurs de la revue organisatrice de l'événement, ainsi qu'à un vigneron espagnol et à un distributeur américain. Elle parvint même à utiliser le français appris au collège. Et surtout, à rester en équilibre sur ses talons aiguilles.

La réception se déroulait dans la salle de banquet d'un restaurant gastronomique situé au cœur de Paris. Des décorations de Noël étaient accrochées aux murs, et des minisapins décoraient les tables. Deux fontaines à vin étaient installées dans deux coins opposés de la salle, contenant respectivement du vin rouge et du vin blanc. Des serveurs passaient parmi les invités avec des plateaux couverts de canapés.

— C'est le dîner le plus chic auquel j'ai jamais assisté, avoua-t-elle à Zayn lorsqu'ils s'installèrent à leur table, côte à côte.

— Rappelle-toi que tu fais partie des invités d'honneur.

Elle inspira profondément. À son retour, elle présenterait des excuses à son frère. Sans lui, elle aurait raté cette soirée. Il méritait sa gratitude. Tout comme Zayn, qui l'avait poussée lui aussi à faire le voyage. Et qui avait tout organisé. Elle lui jeta un coup d'œil furtif pour la énième fois depuis leur départ de l'hôtel. Son smoking, sans doute sur mesure, soulignait sa silhouette athlétique. Et contrairement à elle pour qui ce genre de soirée était une nouveauté, il était visiblement dans son élément. D'un hochement de tête imperceptible, il attira l'attention d'un serveur, qui arriva avec un plateau de flûtes de champagne. Il en prit deux et lui en tendit une. Puis il leva la sienne.

— À toi et à ton cabernet.

— Ne porte pas encore de toast, protesta-t-elle. Je n'ai rien gagné pour l'instant.

— De mon point de vue, tu mérites déjà largement un toast.

Les deux autres occupants de la table arrivèrent à cet instant. Un couple d'un certain âge d'une élégance irréprochable.

— Oh ! comme c'est romantique, commenta la dame aux cheveux argentés dans un anglais parfait. Si je puis me permettre, vous formez un couple charmant tous les deux.

Avant qu'Izzy ait le temps de réagir, Zayn déclara :

— Merci, madame. Mais il se trouve que nous sommes associés, rien de plus.

Tandis qu'il précisait d'où ils venaient puis vantait sa nomination, Izzy s'efforça de réprimer son irritation. Pourquoi était-il aussi pressé de mettre les choses au clair ? Surtout à l'intention d'un couple d'étrangers qu'ils ne reverraient sans doute jamais après cette soirée…

— Je vous présente mes excuses pour ce malentendu. Mais je maintiens ce que j'ai dit, ajouta la femme avec un certain sans-gêne.

Izzy but une gorgée de champagne. Elle était ridicule de mal prendre cet échange de propos. Zayn n'avait rien dit de faux. La lumière baissa légèrement, et la cérémonie commença. Les catégories primées étaient tellement nombreuses et diverses qu'Izzy eut du mal à se concentrer. Quand arriva celle des cabernets, les battements de son cœur devinrent assourdissants. Elle parvint quand même à distinguer que ce n'était pas elle qu'on appelait. C'était un vigneron argentin. Pourquoi était-elle aussi déçue ? Elle avait toujours été persuadée qu'elle ne gagnerait pas. Mais apparemment, sans en avoir réellement conscience, elle n'avait pas pu s'empêcher d'espérer. Le petit coup de genou que Zayn lui donna sous la table la réconforta tout juste. Il se pencha vers elle pour lui murmurer à l'oreille :

— Tu les battras la prochaine fois, Iz.

Elle réprima une moue dubitative. Mieux valait ne pas tenter d'estimer ses chances de décrocher une nouvelle nomination. Un jour elle parviendrait peut-être à apprécier l'honneur qui lui avait été fait cette année. Mais pour l'instant, elle n'était pas en état. Deux heures plus tard, quand la cérémonie prit fin, elle n'avait qu'une hâte. S'en aller. Ce qui avait commencé comme une soirée exaltante se terminait sur une amère déception. À cause de la médaille qui lui avait échappé ? Ou de la réaction de Zayn quand ils avaient été pris pour un couple ? Les deux. Cependant, elle se remettrait beaucoup plus facilement de ne pas avoir reçu de prix.

12.

Dans la limousine qui les ramenait à l'hôtel, Izzy feignit de dormir. Elle n'était pas d'humeur à parler. Si Zayn était conscient qu'elle faisait semblant, il ne fit aucun commentaire. Il devait croire qu'elle était anéantie par sa défaite. S'il savait que ce n'était pas ce qui l'avait le plus déçue…

Quand elle l'entendit demander en français au chauffeur de s'arrêter, elle ouvrit les yeux.

— La Belle au bois dormant se réveille, murmura-t-il en souriant.

— Je reposais juste mes yeux. La journée a été longue. Pourquoi nous arrêtons-nous ?

— Nous sommes sur les Champs-Élysées.

Elle se redressa et regarda par la vitre. Le souffle coupé, elle resta sans voix. Les illuminations surpassaient en somptuosité toutes celles qu'elle avait pu voir jusque-là. Zayn se rapprocha d'elle sur la banquette.

— Je me suis dit que nous pourrions commencer nos mini-vacances ici et maintenant. Si tu en as envie.

Malgré ses pieds douloureux – comment faisaient les autres femmes pour porter régulièrement ce genre de chaussures ? –, son moral en berne et sa fatigue, elle eut soudain un regain d'énergie. Il fallait qu'elle voie ça de près. Ils descendirent de voiture et se mêlèrent aux badauds encore nombreux malgré l'heure tardive et le froid.

— C'est magnifique.

— J'ai pensé que ça te plairait. Tous les ans ils semblent déterminés à faire mieux que l'année précédente.

Elle sortit son téléphone. Les photos ne pourraient jamais restituer l'atmosphère magique créée par ces milliers d'ampoules aux couleurs changeantes qui habillaient les arbres et les façades d'habits de lumière flamboyants.

— Pas étonnant que tu n'aies pas été impressionné par ce pauvre Frosty.

Zayn se mit à rire.

— Pour ma défense, je dois rappeler que Frosty a tenté de me tuer.

— Et je m'en veux toujours terriblement, répliqua-t-elle en prenant un air grave.

Mais aussitôt elle pouffa à son tour.

— As-tu été très déçue ? De ne pas avoir gagné ce soir ? demanda soudain Zayn.

— Davantage que je ne l'aurais cru. Mais je suis en train de reprendre le dessus.

— Il y aura d'autres prix, Izzy. Cette nomination t'a fait connaître. Ton nom est reconnu dans le monde entier désormais.

Ce fut plus fort qu'elle. Elle ne put s'empêcher de demander d'un ton légèrement crispé :

— Tu parles en tant qu'associé ?

Les lumières changèrent de couleur encore une fois, passant du vert à l'argent.

— Ça t'a contrariée que je dise ça ? demanda-t-il.

Elle se contenta de hausser une épaule.

— Nous étions à une soirée organisée par un magazine, et les photographes étaient nombreux. J'ai voulu éviter le genre de rumeurs qu'auraient pu déclencher des allusions à une liaison entre les deux propriétaires de Stackhouse.

Ah, elle n'avait pas envisagé la question sous cet angle… Il avait donc une bonne raison de réagir comme il l'avait fait au commentaire de la vieille dame. Le cœur d'Izzy se gonfla d'espoir. Mais Zayn n'avait pas terminé. Et ce qui suivit lui fit l'effet d'une douche froide.

— Cependant, tu soulèves un point important. Le fait est que nous sommes toujours associés.

Et apparemment c'était cet aspect de leur relation qu'il voulait privilégier. Malgré leur nuit de passion… La gorge nouée, elle déglutit péniblement.

— Et nous avons des conceptions très différentes de la gestion de notre entreprise commune, rappela-t-il.

Comme si elle pouvait l'oublier…

— Tu ne m'apprends rien.

— Tôt ou tard, il va falloir que nous trouvions un moyen de nous entendre. Tu le sais aussi bien que moi, Izzy.

Bien sûr, elle le savait. Ce qu'elle ignorait, c'était comment elle allait recoller les morceaux de son cœur quand il la quitterait de nouveau, une fois qu'ils auraient trouvé un accord.

Lorsqu'ils arrivèrent dans la suite vers minuit, aussi épuisés l'un que l'autre, ils prirent juste le temps de se brosser les dents avant de s'effondrer sur le lit.

Malgré son désir pour elle, Zayn se contenta sans trop de mal de regarder dormir Izzy. Il n'aurait jamais dû la toucher. La nuit dernière, il aurait dû se contrôler. Il aurait dû dormir sur le canapé. Ou même dans la baignoire, après s'être enfermé à double tour dans la salle de bains… Entre leur passé et leur avenir communs, il y avait trop de problèmes en suspens entre eux. Ils n'avaient toujours pas décidé comment ils allaient s'organiser en tant que copropriétaires de Stackhouse. Comment avait-il pu imaginer un seul instant qu'elle accepterait de lui vendre sa part ?

Il ne fallait pas y songer. Et de toute façon, après l'avoir vue à l'œuvre, il était convaincu qu'elle devait rester à la barre de Stackhouse. Malgré tout, il n'approuvait toujours pas le modèle d'entreprise actuel. Ils allaient donc devoir trouver un compromis.

Par ailleurs, il y avait le problème de son père. Il avait parfois été tenté d'expliquer à Izzy le rôle que celui-ci avait joué dans sa décision de quitter Napa cinq ans plus tôt. Mais à présent que le père et la fille étaient brouillés, c'était exclu. Pas question d'envenimer leurs relations déjà difficiles.

Quel sac de nœuds… En couchant ensemble, ils avaient encore compliqué la situation. Que faire à présent ? Il n'en avait aucune idée. Pour l'instant, il leur restait deux jours avant que la réalité reprenne ses droits. Il fallait en profiter pleinement. Ensuite il devrait la laisser vivre la vie gratifiante et sereine qu'elle méritait. Une vie dans laquelle il n'avait malheureusement pas sa place. Parce qu'il n'avait jamais été capable d'échapper complètement aux fantômes du passé.

Le lendemain matin, le chauffeur les déposa devant les grilles du château de Versailles. Il avait promis à Izzy deux jours d'excursions et de visites. Commencer par Versailles semblait l'idéal. Même si l'hiver n'était pas la saison idéale pour apprécier les jardins, le château lui-même gardait sa splendeur tout au long de l'année. Ils reviendraient en été. Allons bon, d'où surgissait cette pensée ? N'avait-il pas décidé qu'ils n'avaient pas d'avenir commun ?

— Oh ! mon Dieu, c'est magnifique ! murmura-t-elle alors qu'ils traversaient les jardins.

— En été, c'est encore plus beau.

Dans le château, enthousiasmée par la magnificence du décor, elle mit les écouteurs fournis à l'entrée pour visiter chaque salle en écoutant l'audioguide. Dans les appartements des filles de Louis XV, particulièrement luxueux, elle s'immobilisa au milieu d'une pièce et secoua la tête d'un air amusé.

— Ma chambre d'adolescente n'avait rien à voir avec ça !

Il fut aussitôt assailli par une foule de souvenirs. Il s'était glissé furtivement dans cette chambre un nombre incalculable de fois. Jusqu'au soir où *señor* Veracruz avait ouvert la porte sans frapper au moment précis où il entrait par la fenêtre. Ça avait été le début de la fin. Comment en vouloir à Ernesto ? Il avait réagi comme n'importe quel père aimant découvrant le mauvais garçon de la ville dans la chambre de sa fille. Avec le recul, il mesurait sa chance de n'avoir eu droit qu'à un bon savon et à une description précise de ce qui l'attendait s'il s'avisait de renouveler son exploit. Tante Myrna avait réagi avec à peine moins de véhémence et lui avait fait un sermon interminable.

Zayn s'arracha à ses souvenirs pour poursuivre la visite à la suite d'Izzy. En choisissant Versailles pour leur première excursion, il avait visiblement visé juste. L'émerveillement qui se lisait sur le visage d'Izzy ne laissait aucun doute. Elle était envoûtée. Il l'était lui aussi. Mais par elle.

Quelqu'un l'appelait sans relâche, visiblement déterminé à insister jusqu'à ce qu'elle décroche. Avec un soupir, Izzy finit par sortir son téléphone de sa poche. Elle n'avait aucune envie que le monde extérieur fasse irruption dans son excursion enchantée. À l'autre bout du restaurant, Zayn commandait le déjeuner. Il lui avait promis quelque chose qui lui plairait, mais il voulait lui faire la surprise. Izzy consulta l'écran et culpabilisa. Paula essayait de la joindre depuis hier…

— Bonjour, Paula.

— Izzy… Tu n'appelles pas et tu ne réponds pas quand

je t'appelle. À ton retour, nous allons avoir une discussion sur les règles du savoir-vivre entre amies.

Paula avait parlé sur le ton de la plaisanterie, mais cela n'apaisa pas la conscience d'Izzy.

— Excuse-moi, j'ai été très occupée.

— Je te pardonne.

— Tu es un ange.

— Ne fais pas durer le suspense plus longtemps. As-tu gagné ? Ethan et Hector ont regardé sur Internet, mais je leur ai fait promettre de ne rien me dire. Je voulais l'entendre de ta bouche.

De quoi parlait Paula ? Izzy mit quelques secondes à comprendre. Bien sûr. La cérémonie. Elle avait l'impression qu'elle remontait à des années…

— Je crains que non. Le lauréat est un charmant fermier argentin qui s'est lancé dans la viticulture il y a seulement quelques années et pour qui c'est juste un hobby.

— Tu es très déçue ?

Comme elle l'avait soupçonné, elle avait déjà surmonté sa déception. Sans doute parce qu'elle avait beaucoup d'autres choses en tête… Izzy jeta un coup d'œil à Zayn, qui faisait la queue pour payer le déjeuner.

— Je suis en France dans une atmosphère de fête et je découvre chaque jour de nouveaux mets délicieux. Je ne suis pas à plaindre.

Izzy plissa le front. Pourquoi sa voix manquait-elle à ce point de naturel ? Elle était pourtant sincère…

— Que se passe-t-il ? demanda Paula à qui son ton crispé n'avait visiblement pas échappé.

— Rien. Tout va bien.

— D'accord. Ne me dis rien. Je trouverai toute seule. En tout cas, c'est vraiment injuste que tu n'aies pas gagné. Je suis sûre que notre cabernet est bien supérieur à ce vin argentin.

Izzy ne put s'empêcher de sourire.

— Tu es juste une employée dévouée et une amie loyale.

— Toujours. Et sinon, comment trouves-tu le salon ? Je veux tout savoir sur la gastronomie française.

— Eh bien… en fait, je sèche. Nous faisons du tourisme à la place.

— « Nous » ? Ou bien tu as rencontré un séduisant Français à ton arrivée, ou bien tu es en train de me dire que Zayn et toi vous flânez ensemble dans la ville la plus romantique du monde. Dans un cas comme dans l'autre, je veux des précisions. Et vite.

Si Paula savait…

— Maintenant, par exemple, insista Paula.

Au même instant, Zayn arriva avec le déjeuner et deux tasses de thé brûlant. Une bonne surprise. La promenade dans les jardins du château l'avait frigorifiée…

— Il faudra attendre une autre fois, Paula. Nous sommes sur le point de déjeuner.

13.

Izzy grelottait alors qu'ils attendaient la voiture sur le trottoir. La prochaine fois qu'elle viendrait à Paris en hiver, elle emporterait un manteau plus chaud. Zayn l'avait de nouveau enveloppée dans son écharpe, mais c'était insuffisant.

— La voiture arrive bientôt, dit-il en refermant les bras sur elle. Tiens, je te donne un peu de ma chaleur.

La veille elle s'était endormie à peine couchée, et au petit matin elle s'était réveillée dans ses bras. Mais au lieu de céder à la tentation de l'embrasser, elle s'était levée aussitôt pour se précipiter sous une douche brûlante. À présent, blottie contre lui, elle était parcourue de frissons délicieux qui n'avaient plus rien à voir avec le froid. Jamais elle n'aurait la force de résister à la tentation la prochaine fois qu'ils seraient en tête à tête. Elle leva les yeux et rencontra son regard. Il brillait d'un tel éclat qu'elle fut submergée par une vague de désir qui lui coupa le souffle. Quelque chose vibra contre sa hanche, et elle laissa échapper un petit rire nerveux. Le téléphone de Zayn… Il le sortit de sa poche et consulta l'écran. Un juron lui échappa, et il la lâcha.

— Il faut que je réponde.

Il s'écarta d'elle. Elle vit ses épaules s'affaisser et ses traits se crisper. Quand il revint, il tremblait. Elle sentit son estomac se nouer. Était-il sur le point d'avoir une nouvelle crise ?

— Tu veux en parler ? demanda-t-elle.

La voiture arriva à cet instant. Sans répondre, il ouvrit la portière et attendit qu'elle soit installée pour la rejoindre sur la banquette. Alors que le chauffeur démarrait, il enleva son manteau et ouvrit son col de chemise. Une fine couche de sueur se forma sur son front. Elle lui prit la main en silence, et il la serra comme s'il se cramponnait à une bouée de sauvetage. Ils restèrent silencieux pendant tout le trajet. Lorsqu'ils arrivèrent enfin dans la suite, elle n'y tint plus.

— Zayn, s'il te plaît, dis-moi ce qui se passe.

— Rien. Ce n'est pas important.

— Zayn, s'il te plaît. Parle-moi.

Il lança son manteau sur le canapé et se dirigea vers le bar. Il versa un liquide ambré dans un verre qu'il but d'un trait. Puis il se servit un second verre. Elle le rejoignit et referma les bras autour de sa taille.

— Tu peux me parler. Ça te ferait peut-être du bien.

À son grand soulagement, il se laissa aller contre elle. Il trouvait au moins un peu de réconfort dans sa présence. C'était déjà ça. Mais il fallait l'inciter à s'épancher. Pour l'aider à surmonter cette angoisse qui le tenaillait.

— Qu'est-ce que c'était, ce coup de téléphone, Zayn ?

Il but une gorgée d'alcool, et elle sentit qu'il prenait une profonde inspiration. Pendant un long moment, ils restèrent immobiles et silencieux. Puis il se dégagea doucement de ses bras pour lui faire face.

— Un coup de téléphone que j'aurais mieux fait d'ignorer.

Elle s'exhorta à la patience. Il y avait du progrès, mais il ne fallait surtout pas le brusquer.

— Il venait d'une clinique de San Antonio.

— Je ne comprends pas.

— Je suis apparemment le seul contact d'un certain Keenan Manu Joffman.

Elle mit quelques secondes à comprendre.
— Ton père.

Zayn vit la stupéfaction se peindre sur le visage d'Izzy.
— Il a tenté de me joindre pour la première fois il y a environ deux ans.
Il consulta le calendrier de sa montre.
— Il y a vingt-trois mois aujourd'hui, pour être exact.
— Mais pourquoi ? Après toutes ces années ?
Elle fit une pause.
— Oui, une clinique. Je vois.
— Il est malade. Ils ne savent pas combien de temps il lui reste. Apparemment, son état s'est aggravé cette nuit. Ils viennent de le transférer en soins intensifs.
— Il a commencé à t'appeler il y a deux ans… Et tu m'as dit que c'est à peu près de cette période que datent tes crises d'angoisse.
Elle avait toujours été perspicace… Mais il préférerait qu'elle utilise un autre terme. Recevoir des nouvelles de son père le rendait juste un peu nerveux. Ce dernier avait toujours brillé par son absence, et tout à coup il éprouvait le désir de voir son fils unique. Alors qu'il était beaucoup trop tard.
— Ça n'a aucun rapport. Le problème, c'est que j'en ai assez d'entendre parler de lui, assez de ses efforts pour me joindre quand il est trop tard. J'ai mieux à faire.
Elle écarquilla les yeux.
— Je ne comprends pas. Tu ne veux même pas écouter ce qu'il a à te dire ? Tu n'éprouves pas la moindre curiosité à son sujet ?
Quelle idée ! Il haussa les épaules.
— Pas la moindre.
— Zayn, il est malade.

Il crispa les doigts sur son verre et but une nouvelle gorgée d'alcool.

— Et ?

De quoi se mêlait-elle ? Ils ne devraient même pas discuter de ça. Il avait juste envie d'oublier ça une fois pour toutes et de reprendre là où ils en étaient quand ils attendaient leur chauffeur à Versailles. Il ne s'attendait pas à voir un tel désir dans ses yeux quand il l'avait prise dans ses bas. Avant que ce maudit coup de téléphone les interrompe et gâche une journée jusque-là parfaite. Sans parler de la soirée pleine de passion qui aurait pu suivre…

— Et il ne te reste peut-être pas beaucoup de temps.

Les bourdonnements d'oreille qui gênaient Zayn depuis un moment s'amplifièrent. Son rythme cardiaque était de plus en plus haché.

— Du temps pour quoi faire ?

— S'il y a la moindre possibilité que tu regrettes un jour de…

Il interrompit Izzy en reposant son verre d'un geste si brusque que la moitié de son contenu se répandit sur le bar. Puis il pivota sur lui-même et s'éloigna d'un pas vif jusqu'à l'autre bout du salon.

— Aucun risque.

Elle parut sur le point de protester, puis elle se ravisa.

— Tu es le seul à pouvoir prendre la décision.

— Absolument.

— Malgré tout, tu devrais bien réfléchir avant.

Il s'esclaffa.

— Réfléchir à quoi ? À la façon dont il est parti quand j'étais tout gamin ? À son silence absolu jusqu'au jour où il a éprouvé un besoin subit de rédemption ? Ou encore au départ de ma mère, qui n'a jamais surmonté sa colère contre lui ? Aucun des deux ne s'est jamais préoccupé de savoir comment je vivais le fait d'être trimballé sans cesse d'une maison à une autre chez des parents éloignés ou dans des familles d'accueil pour finir par me retrouver chez une grand-tante qui ne savait pas quoi faire d'un petit garçon abandonné.

Les yeux d'Izzy brillaient dangereusement. C'était visible malgré la distance. Elle était au bord des larmes. Bon sang, c'était justement ce qu'il voulait éviter à tout prix ! Ressasser le passé et provoquer la compassion. S'il y avait quelqu'un à qui il ne voulait pas inspirer de la pitié, c'était bien elle.

— Je ne le connais même pas, Izzy.

— Zayn, et s'il était sur le point de mourir ?

Il y avait pensé, bien sûr. Mais qu'est-ce que ça changeait ? Cet homme n'était rien d'autre qu'un étranger. Il ne le reconnaîtrait même pas s'il le croisait dans la rue !

— Je ne lui dois rien. Surtout pas une chance de se racheter à mes dépens.

— Je sais, répondit-elle d'une voix altérée par l'émotion. Mais tu te le dois peut-être à toi-même.

Zayn ouvrit la porte du balcon avec une telle force que les vitres tremblèrent.

— J'ai besoin d'air, dit-il avant de sortir.

Si elle s'écoutait, elle le rejoindrait pour le prendre dans ses bras et couvrir son visage de baisers. Mais quelque chose lui disait qu'il ne voulait rien qui ressemble à de la compassion. Les bruits de la rue entraient dans le salon par la porte ouverte, et la tour Eiffel se détachait sur le ciel de l'après-midi. Un décor idyllique pour des vacances de Noël romantiques. Mais elle avait le cœur meurtri. L'homme qu'elle aimait était tourmenté. Malheureux. Penser au petit garçon abandonné par son père puis sa mère était déchirant. Autrefois il ne faisait jamais la moindre allusion à la souffrance qui le rongeait. Et il n'avait pas évoqué une seule fois ses séjours en famille d'accueil. Myrna n'avait jamais voulu en parler non plus.

Au bout de vingt minutes, Izzy prit deux bouteilles de citronnade pétillante dans le réfrigérateur et rejoignit Zayn sur la terrasse. Accoudé à la balustrade, tête baissée, il ne bougea pas d'un millimètre.

— Je viens faire la paix.

Elle tint une des bouteilles dans son champ de vision. Il la prit sans un mot, le regard toujours fixé sur la rue. Après avoir bu une longue gorgée, il déclara :

— Merci, tout ce cognac commençait à creuser un trou dans mon estomac.

— Tu aurais peut-être dû le boire plus lentement, répliqua-t-elle d'un ton malicieux. Il paraît que le cognac doit être bu à petites gorgées.

— Je suppose que la réussite professionnelle et la richesse n'incitent pas nécessairement au raffinement.

— Les gens raffinés sont ennuyeux. Avec toi, je ne me suis jamais ennuyée, Zayn.

Elle fit une pause avant d'ajouter :

— C'est un compliment, au fait.

Il but une nouvelle gorgée de citronnade.

— On ne t'a jamais dit que tu n'étais pas douée pour les compliments ?

Elle pouffa.

— Chacun ses défauts.

— Allez, vas-y. Dis ce que tu es venue me dire. Mais je te préviens, j'ai déjà pris ma décision.

— Tu es sûre que c'est la bonne ?

— Certain, répondit-il sans la moindre hésitation.

— Tu n'as même pas envie d'entendre ce qu'il pourrait avoir à te dire ?

— Il n'y a rien à dire. Rien ne changera jamais le passé.

— Mais le voir t'aidera peut-être à tourner la page sur ce passé. Une fois pour toutes.

— Pourquoi insistes-tu à ce point ? Qu'est-ce que ça peut bien te faire ?

Elle sentit son cœur se serrer. Il considérait que ce qui le touchait ne la regardait pas ? Même après tout ce qu'ils avaient vécu autrefois ? Même après ce qu'ils avaient partagé depuis leur arrivée à Paris ? C'était difficile à accepter. Mais ce n'était pas le moment de se lamenter sur son propre sort.

— Je veux juste t'éviter d'avoir des regrets plus tard. Tu risques d'être poursuivi toute ta vie par cette décision.

— Tu es sûre que c'est tout ?

Désarçonnée, elle s'interrogea. Il semblait penser que son insistance était due à des raisons personnelles. Avait-il raison ? Sa brouille avec son père jouerait-elle un rôle dans son désir de pousser Zayn à changer d'avis ? Mais même si c'était le cas, quelle importance ? Ses efforts pour le convaincre n'en étaient pas moins pertinents. Il n'allait pas bien. Ses crises d'angoisse en étaient la preuve.

— Tu ferais peut-être mieux de réfléchir à tes propres problèmes avec Ernesto avant de me donner des conseils, ajouta-t-il.

Elle réprima une moue de dérision. Pensait-il vraiment qu'elle n'avait pas compris le sens de sa question ? Mais leurs histoires familiales n'étaient pas comparables.

— C'est de toi qu'il s'agit, Zayn. Pas de moi.

— Eh bien, parlons de toi, justement. Tu as grandi avec un père très présent qui veillait tellement sur toi que…

Il s'interrompit brusquement et crispa les poings. Puis il resta un moment silencieux avant de reprendre :

— Tu ne peux pas savoir ce que c'est de grandir sans père, et de recevoir des dizaines d'années plus tard un appel d'un étranger. Uniquement parce qu'il éprouve un besoin tardif de rédemption.

— Il veut peut-être juste te présenter des excuses, Zayn. Ou te donner des explications.

Il poussa un profond soupir.

— Tu ne peux pas comprendre.

— J'essaye. J'essaye vraiment.

— C'est inutile. En ce qui me concerne, l'affaire est réglée. Et la discussion est close.

Il se retourna pour quitter le balcon, mais elle posa la main sur son bras. Si elle ne tentait pas de lui faire au moins entrevoir le conflit intérieur qui le minait, elle ne se le pardonnerait jamais.

— Zayn, tu ne crois pas que certains signes suggèrent que tu n'es pas aussi sûr de ton choix que tu le penses ?

— Que veux-tu dire ?

Elle inspira profondément.

— Ces crises d'angoisse sont des signaux que ton corps t'envoie.

Elle le vit se figer, le visage fermé. *Allons bon…* Elle avait mal choisi ses mots. Après un long silence, il répliqua d'un ton cinglant :

— S'il te plaît, ne joue pas les psychanalystes avec moi, Izzy. Tu crois peut-être bien me connaître, mais tu te trompes. Par ailleurs, pourquoi aurais-je confiance en ton jugement ? Tu es vraiment mal placée pour me donner des conseils dans ce domaine.

Elle déglutit péniblement. Cette réaction n'avait rien de surprenant, mais comment ne pas en être affectée ? Après tout, il venait de lui décocher deux coups successifs. L'allusion à sa brouille avec son père était claire. Avant qu'elle ait le temps de répliquer, il lui asséna un troisième coup.

— De toute façon, ça ne te regarde pas.

Impossible de résister au besoin viscéral de rendre les coups. Elle était trop blessée pour rester de marbre.

— Et toi, tu te trouves bien placé pour parler de confiance ? Après être parti du jour au lendemain sans une explication ?

Avant même d'avoir fini de les prononcer, elle regretta ces paroles. Elle aurait dû faire un effort pour se contenir. Le visage de Zayn s'était encore assombri. Il souffrait déjà assez comme ça sans qu'elle en rajoute. Même si elle n'avait dit que la stricte vérité.

Il secoua lentement la tête d'un air désabusé.

— Je n'aurais jamais dû retourner à Napa. Tout ce que je voulais, c'était aider à créer de nouvelles opportunités pour favoriser le développement de Stackhouse. J'aurais dû me douter que je perdais mon temps.

Elle se hérissa.

— Stackhouse n'a pas besoin de se développer davantage.

— C'est une entreprise qui végète. Sa clientèle est trop limitée. Son potentiel de croissance n'est pas exploité. Elle pourrait être beaucoup plus prospère.

Mortifiée, elle s'exhorta au calme.

— J'ai gagné ce que Myrna m'a légué, Zayn.

— Oui, tu as gagné ta part. Mais tu es trop encroûtée dans tes habitudes pour voir le vrai potentiel de Stackhouse et trop timorée pour te secouer.

« Encroûtée. » « Timorée. » Il venait vraiment d'employer ces deux adjectifs pour la qualifier ? Dire qu'elle croyait qu'il éprouvait du respect pour elle en tant que vigneronne et en tant qu'amante. Quelle horreur… Comment avait-elle pu se tromper à ce point ? Malgré les moments qu'ils avaient partagés ces derniers jours, elle n'était rien pour lui. Absolument rien. Alors que de son côté elle était retombée amoureuse de lui, comme autrefois. Stupide et aveugle jusqu'au bout. Mais cette fois, c'était terminé. Elle avait juste une dernière chose à lui dire avant de tirer un trait sur lui.

— Juste une dernière remarque. Je ne pense pas que tes crises d'angoisse vont s'atténuer si ton père ne s'en sort pas.

— Ce ne sont pas des crises d'angoisse. J'ai juste des petits malaises quand je suis stressé, c'est tout. Je suis sûr que ça arrive à des tas de gens.

Elle inspira profondément.

— Appelle ça comme tu veux. Je pense juste que tu

dois envisager qu'elles s'aggravent au lieu de disparaître si tu perds ton père.

Il eut un sourire amer.

— Comment pourrais-je perdre quelque chose que je n'ai jamais eu ?

Elle sut qu'il était parti avant même d'ouvrir les yeux. Le soleil matinal inondait la chambre, et une bonne odeur de café donnait envie de se lever. Elle n'avait pourtant pas beaucoup dormi. Dans un silence pesant, Zayn et elle avaient passé la soirée à s'ignorer. Pendant qu'il pianotait sur son ordinateur, elle avait fait semblant de regarder un vieux film français sous-titré avant d'aller se coucher et de faire semblant de dormir. Un long moment plus tard, Zayn était venu s'allonger à son tour. Ils étaient restés aussi près du bord chacun de leur côté, séparés par une grande portion de matelas vide.

À présent elle avait la certitude qu'il était parti. Pour de bon. Elle ressentait son absence au plus profond d'elle-même. La gorge nouée, elle refoula ses larmes. À quoi bon les laisser couler ? Elle avait raison, constata-t-elle en se levant. Zayn avait disparu. Cependant, il avait pris la peine de lui monter du café et des croissants sur un plateau. Un dernier geste avant de sortir de sa vie.

Elle s'approcha de la table basse et toucha la cafetière. Elle était froide. Il devait être parti depuis des heures. Mais quelle importance ? Un mot était appuyé contre le mug.

Izzy,

Je suis désolé, mon cœur. J'ai été obligé de partir.

Tu mérites beaucoup mieux. Et tu mérites Stackhouse. Dans son intégralité.

J'ai déjà demandé à mes avocats de procéder à la cession de ma part, qui fera de toi l'unique propriétaire de la société.

Elle dut reposer la feuille avant de poursuivre sa lecture. Il essayait de se débarrasser d'elle. Il était même prêt à renoncer à son héritage pour y parvenir. Il ne voulait plus rien avoir à faire avec elle. Ni comme associée. Ni comme amante. Elle l'avait perdu définitivement. Difficile à croire, mais le coup était encore plus rude que la première fois. Parce que aujourd'hui elle savait sans l'ombre d'un doute qu'elle n'avait jamais cessé de l'aimer. Et qu'elle l'aimerait toujours. Les mains tremblantes, elle reprit la feuille. Les mots étaient flous devant ses yeux noyés de larmes.

Profite de la fin de ton séjour en France. La voiture et le chauffeur sont à ta disposition. Les documents pour le voyage de retour sont dans ta boîte de réception.

Affectueusement,

Z

Aucune explication. Aucune indication sur sa destination. Mais c'était logique. Il lui avait dit hier : « Ça ne te regarde pas. » Et visiblement il le pensait. Elle s'assit lentement sur le canapé, les doigts crispés sur la feuille. Ce fut à cet instant qu'elle remarqua les deux autres objets posés sur la table. D'abord, soigneusement pliée, l'écharpe qu'il lui avait prêtée si souvent au cours des derniers jours pour se protéger du froid. Et sur l'écharpe, une petite boîte en carton ficelée dans un ruban de satin. La main tremblante, elle dénoua le cordon et souleva le couvercle de la boîte. À l'intérieur se trouvait une décoration de Noël en argile, représentant un elfe avec son bonnet mou et ses chaussons pointus. Il avait dû l'acheter le premier soir, quand ils s'étaient promenés au marché de Noël. Elle ne put s'empêcher de rire devant l'expression mutine de l'elfe.

— Oh ! Zayn, murmura-t-elle d'une voix tremblante en pressant la figurine sur son cœur.

Quand avait-il prévu de la lui offrir ? Elle ne le saurait

jamais. Si elle le pouvait, elle remonterait le temps. Elle trouverait les mots appropriés pour lui parler des problèmes qui le hantaient. Elle lui proposerait d'être là pour lui à chaque fois qu'il le souhaiterait. C'était tout ce qu'il avait besoin d'entendre. Malgré ses bonnes intentions, elle s'était montrée trop arrogante. Trop pressante. Mais les regrets ne servaient à rien. Il était parti. Elle ne le reverrait plus. Il avait déjà tourné la page alors que de son côté elle était anéantie.

Avec un sanglot étouffé, elle déplia l'écharpe et enfouit son visage dedans. Elle resta là un long moment, à pleurer et à humer le parfum de Zayn. Puis elle se leva et elle commença à faire ses valises. Impossible de rester ici. Elle voulait rentrer chez elle. Pour panser ses blessures dans un endroit familier, entourée des gens qui l'aimaient.

14.

— Entrez.

Clara entra dans la pièce et déposa un dossier sur le bureau de Zayn.

— Les résultats financiers que vous avez demandés.

— Merci.

— Si vous n'avez plus besoin de rien… j'aimerais partir un peu plus tôt aujourd'hui. Comme c'est le début des vacances…

Clara partait ce soir jusqu'au lendemain du jour de l'an. Les vacances de Noël étaient là. Inévitables. Zayn réprima un soupir.

— Bien sûr, vous pouvez partir. Joyeux Noël, Clara. À l'année prochaine.

— Joyeux Noël, Zayn.

Son assistante se dirigea vers la sortie, hésita sur le seuil et se retourna vers lui.

— Y a-t-il autre chose ? demanda-t-il.

— Je me demandais ce que vous faisiez pour les vacances.

Il arqua les sourcils. C'était sans aucun doute la question la plus personnelle que son assistante lui avait jamais posée.

— Pourquoi ?

— Puis-je vous parler franchement ?

Allons bon, ça promettait…

— Je vous en prie.

— Eh bien, tous les ans, vous êtes d'humeur maussade à l'approche des vacances. Mais cette année, vous semblez encore plus morose que d'habitude.

Et lui qui croyait avoir réussi à ne rien laisser paraître depuis son retour de Paris…

— J'apprécie votre franchise, mentit-il. Quant aux vacances, j'ai prévu de me détendre et d'en profiter pour me mettre à jour dans différents domaines.

— Le travail, par exemple ?

— Entre autres.

En parcourant sa liste de contacts, il trouverait bien une femme disposée à lui tenir compagnie pendant quelques jours. Il rejeta cette idée à l'instant même où elle se forma dans son esprit. Une seule femme pourrait lui faire apprécier cette période de l'année. Mais il avait tout gâché avec elle, alors qu'elle avait juste essayé de l'aider. Clara l'observait toujours depuis le seuil du bureau, constata-t-il.

— Oui ?

— Je pense que vous travaillez trop. Et pour être honnête jusqu'au bout… vous semblez également un peu plus irritable que les autres années.

De mieux en mieux. Mais il aurait dû le prévoir. Clara avait toujours été très observatrice.

— J'apprécie vraiment votre franchise, Clara. Il est vrai que je ne dors pas très bien en ce moment.

— Vous voulez en parler ?

L'espace d'une seconde, il eut l'envie insensée d'acquiescer. Non, c'était du soutien d'Izzy qu'il avait besoin. Mais il avait été assez stupide pour refuser la main qu'elle lui avait tendue. Et à présent il était trop tard.

— J'ai juste quelques petits soucis en ce moment.

— Je vois.

Clara l'étudia encore un instant avant de lui poser la question la plus surprenante de toutes.

— Est-ce que ça vous dirait de venir réveillonner chez moi pour Noël ? Je reçois, comme tous les ans.

Il resta sans voix.

— Oh ! en petit comité, précisa-t-elle. Moi, mon mari, ma fille et les jumeaux. Ils ont eu trois ans à Thanksgiving. Et mon fils viendra avec sa nouvelle petite amie qui a une fille d'âge préscolaire.

Eh bien, il préférait ne pas imaginer à partir de combien de personnes elle considérait qu'un dîner n'était plus en petit comité…

— Je vous remercie, Clara. Je vais y réfléchir.

Mensonge. Pendant un moment, quand il était à Paris avec Izzy, il avait envisagé de passer pour une fois un Noël traditionnel, ou du moins tel que la plupart des gens le concevaient. Un repas de fête en compagnie de proches avec qui échanger des cadeaux. Mais ça aussi, il pouvait oublier. Les Noëls normaux, c'étaient pour les autres. Pour lui, Noël était juste un jour ordinaire.

— Si vous le souhaitez, vous pouvez venir accompagné, bien sûr, précisa Clara avant de quitter la pièce.

Quand il lui avait dit qu'il ne dormait pas très bien, il n'avait pas menti. À son retour de Paris, pour la première fois, une de ses crises s'était déclenchée pendant son sommeil. Ce qui s'était reproduit plusieurs fois depuis. Rien de tel qu'être réveillé par une crise d'angoisse pour passer le reste de la nuit à arpenter le couloir comme un damné. Oui, il avait fini par se rendre à l'évidence. Izzy avait raison. C'étaient bien des crises d'angoisse. Et c'était parce qu'elle avait raison qu'il avait réagi aussi violemment. Il n'avait pas supporté qu'elle le pousse à regarder la réalité en face. Alors qu'elle cherchait juste à l'aider… Pour la cent millième fois depuis son retour de Paris, il faillit lui téléphoner, puis il se ravisa. C'était à elle de décider s'ils devaient se reparler. Lui, il avait causé assez de dégâts comme ça.

Avait-elle aimé la petite décoration qu'il lui avait achetée le premier soir au marché de Noël ? Était-elle accrochée en ce moment même au sapin qui trônait dans la salle de dégustation de Stackhouse ? Ou bien l'avait-elle jetée à la poubelle d'un geste rageur ? Elle aurait eu des raisons de le faire. Quand il pensait aux horreurs qu'il lui avait lancées… Comment avait-il osé l'accuser de manquer d'ambition ? Tout ça parce qu'elle ne partageait pas ses idées au sujet du développement de Stackhouse. Zayn jeta son stylo contre le bureau avec une telle rage que le plateau en acajou fut éclaboussé d'encre noire. Il allait devenir fou à force de penser sans arrêt à elle.

En réalité, c'était lui qui était encroûté. Parce qu'il s'était enfermé dans des schémas de comportement nocifs. C'était lui aussi qui était timoré. Il avait peur d'affronter la réalité. Ça ne pouvait plus durer. Il chercha sur Internet les coordonnées d'Ethan Graves, médecin généraliste à Napa. Puis il lui envoya un mail.

Izzy s'engagea dans l'allée circulaire qui conduisait à l'entrée de l'établissement vinicole Pestaña, fondé par sa famille. Un nom qui signifiait « cil » en espagnol. Son père aimait raconter qu'il était tombé fou amoureux de sa femme quand elle avait battu des cils pour le séduire sur le marché, à Mexico. Sa mère soutenait qu'elle n'avait jamais rien fait de tel. Ses parents avaient bâti leur entreprise en partant de rien, et celle-ci n'avait cessé de se développer depuis. Pestaña était devenue une pomme de discorde entre son père et elle quasiment dès le début. Il était grand temps de mettre fin à cette querelle. Elle n'avait pas annoncé sa visite parce qu'elle n'était pas certaine en partant qu'elle irait jusqu'au bout de sa démarche. Mais elle était arrivée jusqu'au parking, alors… Elle se gara, descendit de voiture et se dirigea vers l'entrée de l'établissement. Hector et deux autres employés conduisaient une dégustation en plein air, à proximité des vignes. Son frère servit du rosé aux six personnes installées à sa table, puis reposa la bouteille et lui fit un grand signe.

— Excusez-moi, dit-il à ses clients. Ma sœur vient d'arriver, et il faut que je la garde à l'œil, c'est une concurrente.

Il ponctua ce commentaire d'un clin d'œil appuyé, et les femmes présentes gloussèrent. Grand, brun, charmeur, Hector plaisait beaucoup à la gent féminine. Il l'embrassa sur la joue.

— Qu'est-ce qui t'amène ? Maman est allée chercher de quoi grignoter à la ferme bio, et moi je suis en pleine dégustation.

— C'est papa que je suis venue voir. Il est là ?

Hector ouvrit de grands yeux, puis son sourire s'élargit.

— Enfin ! Vous êtes vraiment trop butés tous les deux.

— Il est dans la maison ?

— Non, derrière. Il prélève de la terre pour la tester.

Izzy remercia son frère, prit une profonde inspiration et se dirigea vers les vignes. Elle trouva son père penché sur un grand seau en métal, une bêche à la main. Il paraissait fatigué. Et beaucoup plus vieux que la dernière fois qu'elle l'avait vu… Il travaillait avec acharnement et ne prenait pas le temps de se reposer. Il possédait la puissance de travail et la détermination indispensables à un ouvrier agricole immigré pour devenir l'un des vignerons les plus réputés de la Napa Valley. Elle était très fière de lui, mais elle ne le comprendrait jamais. Et ils auraient sans doute toujours une conception différente du métier de vigneron. Elle s'éclaircit la voix. Il leva les yeux, les écarquilla l'espace d'une seconde, puis reprit sa tâche comme si de rien n'était.

— Bonjour, papa.

— Izadora.

Il planta la bêche dans le sol et détacha une nouvelle motte de terre.

— La saison n'est pas trop avancée pour prélever des échantillons de terre ?

— J'aime voir comment elle évolue tout au long de l'année. Tu as besoin de quelque chose ?

De nouveau, elle prit une profonde inspiration.

— Oui. J'ai besoin de retrouver mon père, papa.

Il darda sur elle un regard étincelant.

— Vraiment ?

Elle se força à poursuivre.

— Il faut que tu me pardonnes pour les décisions que j'ai prises. Et que tu acceptes que je vive ma vie.

Son père laissa tomber la bêche et sortit un mouchoir de sa poche pour s'essuyer le front. Il semblait las et abattu. Plus fatigué qu'elle ne l'avait jamais vu. Cette querelle stupide avait dû l'affecter lui aussi. Ça ne pouvait plus durer. En soupirant, il retourna deux seaux et lui fit signe d'approcher.

— Assieds-toi.

Elle lissa sa robe bain de soleil et s'assit avec précaution sur le seau trop petit. Son père s'assit sur l'autre.

— Hector m'a expliqué pourquoi tu es allée à Paris. Tu peux être fière de toi.

La gorge nouée, elle sentit des larmes lui piquer les paupières. Son père venait de lui dire à sa façon qu'il lui avait pardonné. Il n'était pas très expansif. Et les compliments n'étaient pas son fort…

— Je n'ai pas gagné la médaille.

— Aucune importance. Une nomination est un grand honneur.

Submergée par l'émotion, elle renifla comme une petite fille.

— Merci, papa.

— Ton frère m'a dit aussi que tu étais accompagnée de Zayn Joffman.

Le cœur d'Izzy fit un petit bond dans sa poitrine. C'était insensé. Elle pensait à Zayn en permanence, mais le simple fait d'entendre prononcer son nom la troublait… Son père n'avait jamais apprécié Zayn et il ne l'avait pas caché à l'époque où ils sortaient ensemble. Mais il fallait dire à sa décharge que Zayn était alors le genre de garçon qu'aucun père n'aurait aimé voir en compagnie de sa fille.

— Ne t'inquiète pas pour ça. Nous sommes copropriétaires de Stackhouse, rien de plus. C'était juste un voyage d'affaires.

Voyage d'affaires. Elle mériterait d'être frappée par la foudre pour ce mensonge colossal… Mais pour le reste, elle n'avait pas menti. Zayn et elle étaient copropriétaires de Stackhouse. Il était hors de question qu'elle signe les documents envoyés par l'avocat de Zayn. Elle n'avait pas l'intention de devenir propriétaire à part entière. Myrna avait légué à son petit-neveu la moitié de l'établissement, et cette moitié resterait à lui.

Son père se frotta le front, l'air embarrassé.

— Il y a quelque chose que tu dois savoir au sujet de Zayn. Quelque chose que j'aurais dû te dire il y a des années.

Izzy le considéra avec perplexité. Où voulait-il en venir ? Elle n'imaginait pas, en venant voir son père pour se réconcilier avec lui, que la discussion dévierait sur Zayn…

— C'est à cause de moi qu'il a quitté Napa il y a cinq ans, *mi niña*. Je lui ai demandé de partir.

15.

Lorsqu'elle arriva à Stackhouse, Izzy était encore sous le choc de la révélation de son père.

Mais à vrai dire, elle aurait dû s'en douter à l'époque. Comment avait-elle pu ne pas y penser ? Elle lança ses clés sur la console du hall et se rendit aussitôt dans la salle de dégustation. C'était la pièce la plus calme du domaine. Celle où elle serait le mieux pour reprendre ses esprits et réfléchir à ce qu'elle venait d'apprendre. Zayn ne l'avait pas quittée. Il avait juste accepté de faire ce que lui avait demandé son père.

Claquant la porte derrière elle, elle donna un grand coup de pied sur une chaise pour la pousser vers la table de dégustation. Le bruit du choc résonna dans la pièce.

— Attention. Ce genre de comportement pourrait te valoir un morceau de charbon dans ta chaussette de Noël en guise de cadeau.

La voix de Paula la fit sursauter, et elle vit son amie apparaître derrière le bar.

— Blanc ou rouge ? demanda Paula.

— Blanc pour commencer.

Quelques minutes plus tard, Paula la rejoignit à la table avec deux verres et un chardonnay bien frais.

— Je t'écoute, dit-elle en servant le vin. Ton humeur

aurait-elle quelque chose à voir avec ton grand, brun et séduisant associé ?

— Pourquoi cette question ?

— Tu n'es plus la même depuis que tu es rentrée de Paris la semaine dernière.

— Ça se voit tant que ça ?

Paula haussa les épaules.

— Oui. Dis-moi ce qui s'est passé.

Izzy but une longue gorgée de vin et s'efforça de mettre de l'ordre dans ses pensées. Malgré la confusion qui régnait dans son esprit, les mots se présentèrent d'eux-mêmes, et elle raconta toute l'histoire. Lorsqu'elle se tut après avoir terminé, la bouteille de vin était presque vide et Paula visiblement abasourdie. Elle repoussa son verre. Pourquoi s'était-elle laissée aller à boire l'estomac vide ? Elle commençait à avoir la nausée.

— Je ne sais pas comment je vais pouvoir lui pardonner, déclara-t-elle sans trop savoir duquel des deux hommes elle parlait.

— C'est normal que tu sois bouleversée, dit Paula.

— Et furieuse.

— Qu'est-ce qui te met le plus en colère ? demanda Paula.

— Toutes ces années perdues !

— Alors tu ferais peut-être bien de ne pas perdre davantage de temps.

Que répondre à ça ? Izzy resta silencieuse. Au bout d'un moment, Paula soupira.

— Au bout du compte, je pense qu'il y a un élément essentiel que tu ferais bien de ne pas perdre de vue.

— Lequel ?

— Ils t'aiment tous les deux, Izzy. Ton père a réagi comme ça pour te protéger. Et Zayn l'a écouté parce qu'il t'aimait assez pour renoncer à toi.

Izzy médita ces paroles, de nouveau en proie à une foule de sentiments contradictoires. Elle en voulait à son père de ne pas lui avoir dit la vérité plus tôt, mais comment ne pas être touchée par sa volonté de la protéger ? Quant à Zayn, elle l'admirait pour avoir gardé le secret, mais elle lui tordrait volontiers le cou pour la même raison. Et puis il y avait Myrna qui avait voulu les réunir par le biais de son testament… « Vous avez besoin l'un de l'autre tous les deux. » Izzy sentit sa gorge se nouer. Ce qu'elle avait à faire était clair.

Zayn se figea devant l'entrée de son immeuble. Voilà qu'il avait des visions, à présent. Izzy lui manquait tellement qu'il l'imaginait dans le hall de sa résidence. En costume d'elfe, par-dessus le marché… Il secoua la tête et cligna des yeux avant d'ouvrir la porte et de pénétrer à l'intérieur du bâtiment. L'elfe était toujours là. Avec l'épaisse chevelure brune d'Izzy et ses grands yeux caramel. Et ses formes somptueuses…

— Iz ?

Elle leva les yeux de l'écran de son téléphone.

— Zayn ! Où étais-tu ? J'ai cru que tu n'allais jamais rentrer chez toi !

Elle était donc bien là ? Il ne rêvait pas ?

— Je travaillais.

— C'est la nuit de Noël, rappela-t-elle. Et il est 22 heures.

Que répondre à ça ? Il resta silencieux. Elle s'avança vers lui d'un pas hésitant.

— Eh bien… surprise !

— Tu as traversé tout le pays pour me faire une surprise ? En costume d'elfe ?

— Ne dis pas de bêtises. J'ai mis le costume après mon arrivée. Je n'ai pas pris l'avion avec.

— Ah, d'accord… C'est logique.

Elle esquissa une moue contrite.

— Un peu impulsif, peut-être…

— Un peu.

— Ça nous avait paru une bonne idée à Paula et à moi l'autre jour.

Tout à coup, il finit par croire vraiment ce qu'il voyait. Iz était là ! Elle avait parcouru tout ce chemin pour le voir ! Il se précipita vers elle, la prit dans ses bras et la souleva de terre.

— Tu m'as manqué, murmura-t-il contre ses cheveux.

Son rire joyeux lui fit chaud au cœur.

— Ah, voilà la réaction que j'espérais !

Il la reposa sur ses pieds et lui prit la main, craignant vaguement qu'elle disparaisse comme un mirage s'il la lâchait. Il l'entraîna dans l'ascenseur et appuya sur le bouton du dernier étage. Quelques secondes plus tard, les portes s'ouvrirent sur le hall de son penthouse. En sortant de la cabine, il appuya sur l'interrupteur général. Une douce lumière inonda l'appartement, et la cheminée électrique s'alluma dans le salon. Izzy enleva son bonnet d'elfe et le pressa entre ses mains.

— Je me suis dit qu'il fallait que nous discutions. Le costume, c'était pour détendre l'atmosphère.

Elle ne se rendait visiblement pas compte qu'elle était hyper sexy dans cette tenue…

Après un silence, ils prirent la parole au même instant. Pour dire la même chose.

— Pardonne-moi.

Il franchit la distance qui les séparait et prit ses mains dans les siennes. Le bonnet tomba par terre.

— Je ne vois pas ce que j'ai à te pardonner. Moi, en revanche, je n'aurais jamais dû te dire toutes ces horreurs le dernier soir à Paris. Pardonne-moi, je t'en supplie.

Elle écarquilla les yeux.

— Oh ! Zayn ! Ne t'excuse surtout pas. Ce que tu m'as dit m'a poussée à prendre des décisions difficiles que je remettais sans cesse à plus tard.

Il secoua la tête. C'était incroyable. Il pourrait lui dire exactement la même chose.

— Je pensais que mon père ne me pardonnerait jamais, poursuivit-elle. Et la peur m'empêchait de vérifier une fois pour toutes si c'était bien le cas. À présent ça va. Nous nous sommes expliqués.

Pas question de réagir, décida-t-il. Se taire lui coûtait toujours autant, mais il avait donné sa parole à Ernesto cinq ans plus tôt.

— Je sais la vérité, Zayn. Mon père m'a avoué qu'il t'avait demandé de partir parce qu'il s'inquiétait pour moi.

Il porta la main d'Izzy à ses lèvres et l'embrassa. Elle savait enfin la vérité ! Quel soulagement !

— Je n'ai jamais voulu être une cause de conflit entre toi et ta famille, Iz. C'est pour ça que je suis parti quand il me l'a demandé.

De toute façon, Ernesto avait eu raison. À l'époque il était infréquentable. L'intervention du père d'Iz l'avait poussé à regarder la réalité en face et à changer de vie.

— Mon père et moi nous n'avons besoin de personne pour entrer en conflit, répliqua Izzy. Et je ne pense pas que ça changera un jour. Mais je sais que vous avez agi l'un et l'autre dans mon intérêt. Je l'ai accepté, même s'il m'a fallu du temps et de la réflexion.

Il effleura sa lèvre inférieure du bout du pouce.

— Après mon départ, j'ai eu envie de t'appeler des centaines de fois. Juste pour entendre ta voix. Et essayer de t'expliquer la situation.

— Pourquoi ne l'as-tu pas fait ?

— Parce que Ernesto avait eu raison de me demander de partir. Et puis je craignais d'être tenté de manquer à ma parole et de te révéler la vérité. Alors je remettais sans cesse à plus tard. Jusqu'au moment où j'ai eu le sentiment que c'était trop tard. Je n'aurais pas su par où commencer. Aujourd'hui je regrette amèrement de ne pas avoir essayé.

— Promets-moi qu'il n'y aura plus jamais de secrets entre nous.

— Je te le promets. Cette fois, c'est à toi que je donne ma parole.

Elle pouffa.

— Eh bien, je sais au moins que tu es doué pour la tenir ! Maintenant, nous avons beaucoup de temps à rattraper. Une amie avisée m'a conseillé l'autre jour de ne pas en perdre davantage.

Il l'attira contre lui.

— Sage conseil. Si nous commencions tout de suite ?

Sur ces mots, il captura sa bouche dans un baiser fervent. Quand elle y mit fin un long moment plus tard, le haut de son costume était remonté, révélant une bande de peau alléchante. Elle tira dessus en riant.

— Ce stupide costume est beaucoup trop petit.

Il eut un sourire carnassier.

— Dans ce cas, il vaut mieux te l'enlever. Sans attendre.

Le lendemain matin, Izzy se réveilla dans la chambre de Zayn inondée de soleil. Du café à l'arôme délicieux et un bagel au sésame l'attendaient sur un plateau, sur la table de chevet. Elle pourrait s'habituer très facilement à trouver ce genre de petit déjeuner à son réveil tous les matins. Après quelques bouchées de bagel, elle se leva. Impossible d'attendre plus longtemps pour remercier l'homme qu'elle aimait ! Elle avait hâte de mettre en pratique les idées qu'elle avait en tête pour lui prouver sa reconnaissance… Il téléphonait, perché sur le comptoir de la cuisine. Il la salua d'un large sourire, et elle s'approcha avec précaution pour déposer un baiser furtif sur sa mâchoire.

— Je peux être là-bas après-demain, dit-il en poursuivant sa conversation.

Elle eut un pincement au cœur. Elle espérait qu'ils

pourraient passer la semaine entre Noël et le jour de l'an ensemble, mais apparemment il avait d'autres projets. C'était le danger quand on tombait amoureuse d'un accro au travail… Il coupa la communication et répondit à son baiser chaste par un autre beaucoup plus passionné, qui la laissa tout étourdie.

— Joyeux Noël, dit-elle quand elle retrouva sa voix.

— Joyeux Noël !

— Qui était-ce au téléphone ? Tu dois partir quelque part ?

— Oui. C'était la clinique de San Antonio. Je vais aller là-bas quelques jours.

Il avait décidé d'aller voir son père ? Le cœur gonflé d'une émotion indicible, elle le serra dans ses bras à l'étouffer.

— Qu'est-ce qui t'a fait changer d'avis ?

Il déposa un baiser sur sa tempe.

— Tu avais raison. Les crises d'angoisse sont devenues de plus en plus aiguës. Je ne pouvais plus les ignorer. Et il fallait que j'évite de prendre une décision que je risquais de regretter toute ma vie.

— Oh ! Zayn…

— Est-ce que par hasard tu serais libre pour venir au Texas avec moi ?

Elle déposa un baiser sur ses lèvres.

— J'irais n'importe où avec toi, mon amour. Il suffit de me le demander.

De toute évidence, Zayn fut comblé par cette réponse. Il le lui prouva longuement sans avoir besoin de mots.

16.

Un an plus tard

Elle était beaucoup mieux préparée au froid, cette fois. Elle avait pris soin d'emporter un manteau bien chaud. Et c'était une bonne chose parce que la température était nettement plus basse que l'année dernière…

Izzy prit la main gantée de Zayn sur le parvis de la tour Eiffel. Il lui avait promis de l'y ramener et il avait tenu parole. Quand ils arrivèrent au sommet, un long moment plus tard, le soir tombait. Enlacés, Izzy dos à Zayn, ils regardèrent Paris s'éclairer peu à peu. Bientôt le crépuscule laissa place à une nuit d'encre. Les lumières de la ville scintillaient sous leurs yeux comme des millions de diamants éparpillés sur un tapis de velours noir. Les illuminations de Noël, îlots multicolores, ajoutaient à la magie du spectacle.

Izzy fut parcourue d'un frisson délicieux. Comment était-elle devenue aussi chanceuse ? Elle avait un métier qui la passionnait, elle vivait dans une région splendide, et elle était aimée par l'homme de sa vie, qu'elle avait cru plus d'une fois perdu à jamais pour elle.

— Tu as froid ? murmura Zayn à son oreille, se méprenant sur la nature de son frisson.

Elle ne le détrompa pas.

— Un peu.

— Je vais être obligé d'y remédier, plaisanta-t-il en la serrant plus étroitement contre lui, tandis que son souffle chaud lui caressait la nuque.

Cette année, aucune tension ne perturbait leur voyage. Zayn avait rendu visite à son père juste avant leur départ. Ce dernier était gravement malade, mais son état restait stable. Ça n'avait pas été facile pour lui au départ, mais Zayn faisait des efforts pour comprendre son père et lui pardonner ses erreurs. À présent, ils savouraient leur séjour à Paris, où ils étaient venus exclusivement pour le plaisir. Pas de salon. Pas de cérémonie de remise de prix. Pas de stress.

— Je crois que je n'ai jamais rien vu de plus beau, dit-elle avec un petit soupir d'aise.

— J'espère que ceci te plaira également, répliqua Zayn en la faisant pivoter doucement face à lui.

Sous son regard ébahi, il sortit un écrin de sa poche et mit un genou à terre.

— Je t'aime, Iz, déclara-t-il en lui prenant la main pour lui enlever son gant. J'aimerais que tu me fasses l'honneur de devenir ma femme.

La bague qu'il glissa à son doigt scintillait de mille feux comme les lumières de la ville.

— Oui ! s'exclama-t-elle d'une voix vibrante d'émotion.

La vue brouillée par des larmes de joie, elle se hissa sur ses pieds et lui sauta au cou en répétant « Oui ! » encore et encore. Un groupe de touristes qui se trouvaient à proximité se mirent à applaudir. Izzy adressa des remerciements silencieux à Myrna. Comment ne pas imaginer que celle qui les avait réunis était là ce soir, témoin de leur bonheur ?

— Joyeux Noël ! crièrent les touristes en anglais.

Retrouvez prochainement, dans votre collection

AZUR

Le secret d'Amalia, de Jackie Ashenden - N°4543
Dans la cathédrale royale, tout le monde retient son souffle, tandis que le prince Rafael interrompt les noces d'Amalia De Vita. Lui qui déteste le scandale n'a pas eu le choix : comment pourrait-il laisser la belle héritière épouser son frère, alors qu'elle est enceinte de lui ? Soucieux de voir son enfant bénéficier d'une naissance légitime dont lui-même a été privé, Rafael exige d'Amalia qu'elle l'épouse…

Liaison sur un yacht, de Cathy Williams - N°4544
Parce qu'il a besoin de toute urgence d'une nounou pour sa fille de six ans, Niccolo Ferri engage Sophie Baxter, qui les accompagnera lors d'un voyage d'affaires à bord de son yacht. Mais, alors qu'il devrait être concentré sur son travail et son enfant, Niccolo voit ses pensées tournées vers sa jolie employée. Au point que, bientôt, il entame avec elle une liaison passionnée et délicieusement interdite…

Le play-boy de Miami, de Dani Collins - N°4545
Après avoir dénoncé les agissements de financiers crapuleux, Bianca est contrainte de fuir à Miami. Sur place, elle est embauchée comme gouvernante d'une luxueuse demeure inhabitée. Quelle n'est pas sa surprise de découvrir que son patron n'est autre qu'Everett Drake, le play-boy avec lequel elle a passé une nuit inoubliable six mois plus tôt ! L'homme, soucieux de la protéger, lui propose alors de jouer, aux yeux de tous, le rôle de son épouse…

La belle et le solitaire, de Donna Alward - N°4546
Voilà des mois que Jessica, en manque d'inspiration, ne parvient plus à dessiner. Mais soudain, alors qu'elle se trouve au bord d'une falaise de Nouvelle-Écosse, elle aperçoit un phare malmené par les vagues qui la bouleverse. Gagnée par une vive émotion, elle est hélas priée de quitter les lieux par le propriétaire, un rustre qui n'est autre que Branson Black. Le célèbre écrivain, marqué par un drame, vit désormais dans la plus grande solitude. Une solitude que Jessica a soudain envie de briser…

Révélation aux Fidji, de Natalie Anderson - N°4547

Après que leur fabuleuse nuit d'amour s'est soldée par un désastre, Carrie n'imaginait pas revoir Massimo Donati-Wells. Quel choc pour elle de le retrouver, peu après avoir mis au monde… leur fille ! Alors qu'il lui propose de s'installer avec lui, sur son île privée des Fidji, Carrie hésite. Certes, elle souhaite le meilleur pour son enfant, mais pas question pour autant de renoncer à l'amour. Massimo est-il seulement capable de le lui offrir ?

Le prince de Noël, de Therese Beharrie - N°4548

Maman célibataire, Amari a besoin d'aide pour faire tourner sa boutique à l'approche de Noël. Aussi, lorsqu'un prénommé Kade se présente pour le poste, l'embauche-t-elle, tout en se demandant pourquoi un homme comme lui s'est installé dans la petite ville de Swell Valley. Grand, charismatique et auréolé de pouvoir, Kade n'a pas le profil du commerçant. Et pour cause, c'est un prince !

Le baiser d'un patron, de Susan Meier - N°4549

Noël sera bientôt là… et Erin s'apprête à le passer avec son patron ! Hugo Harrington lui a en effet demandé son aide pour la rénovation d'un hôtel à Londres, et il lui est impossible de se dérober. Le veut-elle seulement alors que Hugo fait battre son cœur si fort ? À mesure qu'ils se rapprochent tous deux, Erin découvre un homme plus sensible qu'il n'y paraît, aux prises avec les souvenirs de son passé. Un homme qui la bouleverse d'un seul baiser échangé sous la neige…

Les héritiers de Grey Manor,
d'Elisa Marshall - N°4550

SÉRIE : *LES MILLIARDAIRES DE GREY MANOR* - 3/3

Il est son héros, l'homme de ses rêves… Jamais Kate n'a oublié Harrison Fox, qui l'a sauvée d'un incendie au péril de sa vie une dizaine d'années plus tôt. Or voilà que le testament de son père les réunit enfin, en les désignant tous deux comme les héritiers de Grey Manor ! Si leurs retrouvailles se font sous le signe du désir, Kate sait qu'elle n'a aucune chance de gagner le cœur du ténébreux homme d'affaires. Pour Harrison, en effet, elle restera éternellement la fille de son plus grand ennemi…

Séduisantes rumeurs, de Louise Fuller - N°4551

SÉRIE : *NOËL AVEC UN HOMME D'AFFAIRES* - 2/2

« Pas de gros titres. Pas de scandale. Pas de photos compromettantes. » Voilà qui représente un véritable défi pour Louis Albermarle, duc d'Astbury. Play-boy réputé pour ses frasques, il est aujourd'hui appelé à se montrer responsable par les actionnaires de son entreprise. Hélas, quand un cliché volé le dévoile en compagnie de Santina Somerville, une célèbre patineuse artistique, le voilà contraint de mettre fin aux rumeurs en proposant à la belle de l'épouser...

Le maître du *palazzo*, de Kim Lawrence - N°4552

Soren n'a qu'un but : se venger de l'homme qui a détruit son père. Or voilà que dans cette quête impitoyable il entraîne la petite-fille de son rival dans une tourmente médiatique et scandaleuse... Pour protéger la belle Anna qu'il sait innocente, il l'emmène chez lui dans son *palazzo* sicilien, tout en se jurant de la tenir à distance. Impossible : l'alchimie entre eux est si vive que Soren séduit Anna, sans lui révéler d'abord que leurs familles sont rivales...

Princesse et rebelle, de Michelle Smart - N°4553

Toute sa vie, Catalina a joué son rôle de princesse à la perfection, bridant ses envies et ses désirs pour plaire à chacun. Pourtant, il a suffi qu'elle s'abandonne une seule et unique nuit entre les bras de Nathaniel Giroud pour que ses efforts soient balayés et que sa vie bascule définitivement. Car aujourd'hui la voilà enceinte et en fuite, prête à tout pour protéger son enfant à naître. À tout, même à s'opposer à l'impitoyable et irrésistible milliardaire qui est à sa recherche...

VOTRE COLLECTION PRÉFÉRÉE DIRECTEMENT CHEZ VOUS

Vous souhaitez découvrir nos collections ? Une fois votre colis de bienvenue reçu, si vous souhaitez continuer à recevoir nos livres, cela se fera automatiquement. Vous n'avez aucune obligation d'achat et cette offre est sans engagement de durée !

Dans votre 1er colis, 2 livres au prix d'un + 1 cadeau

☛ COCHEZ la collection choisie et renvoyez cette page au
Service Lectrices Harlequin – CS 20008 – 59718 Lille Cedex 9 – France

Collections	Prix 1er colis	Réf.	Prix abonnement (frais de port compris)
❑ **AZUR**	4,75€	AZ1406	6 livres par mois 31,49€
❑ **BLANCHE**	7,30€	BL1603	3 livres par mois 24,85€
❑ **HISTORIQUES**	7,30€	LH1202	2 livres par mois 17,49€
❑ **PASSIONS**	7,80€	PS0903	3 livres par mois 26,49€
❑ **BLACK ROSE**	7,90€	BR0013	3 livres par mois 26,79€
❑ **HARMONY***	5,99€	HA0513	3 livres par mois 20,76€
❑ **NORA ROBERTS***	8,90€	NR2402	2 livres tous les 2 mois, prix variable**
❑ **SAGAS***	7,99€	SG2303	3 livres tous les 2 mois 29,46€
❑ **VICTORIA**	7,80€	VI2115	5 livres tous les 2 mois 42,09€
❑ **GENTLEMEN***	7,50€	GT2022	2 livres tous les 2 mois 17,95€
❑ **HORS-SÉRIE***	7,70€	HS2812	2 livres tous les 2 mois 18,45€

*livres réédités / **entre 17,95€ et 18,75€ suivant le prix des livres

F22PDFM

N° d'abonnée Harlequin (si vous en avez un) ⎣⎦⎣⎦⎣⎦⎣⎦⎣⎦⎣⎦⎣⎦⎣⎦

Mme ❑ Mlle ❑ Nom : ____________________

Prénom : ____________________ Adresse : ____________________

____

Code Postal : ⎣⎦⎣⎦⎣⎦⎣⎦⎣⎦ Ville : ____________________

Pays : ____________________ Tél. : ⎣⎦⎣⎦⎣⎦⎣⎦⎣⎦⎣⎦⎣⎦⎣⎦⎣⎦⎣⎦

E-mail : ____________________

Date de naissance : ____________________

Date limite : 31 décembre 2022. Vous recevrez votre colis environ 20 jours après réception de ce bon. Offre soumise à acceptation et réservée aux personnes majeures, résidant en France métropolitaine, dans la limite des stocks disponibles. Prix susceptibles de modification en cours d'année. Vous pouvez demander à accéder à vos données personnelles, à les rectifier ou à les effacer. Il vous suffit de nous écrire en nous indiquant vos nom, prénom et adresse à : Service Lectrices Harlequin CS 20008 59718 LILLE Cedex 9. Service Lectrices disponible du lundi au vendredi de 9h à 17h : 01 45 82 47 47.